漫時光

蘇記棺材鋪

青垚

下

高寶書版集團

目錄
CONTENTS

拾壹・岐山驚聞訊

為首一人方臉闊頷，頭上的盔纓飄飛，衣甲燦然，縱馬直至面前。木頭不露聲色地將蘇離離擋在身後，那人已然勒住馬，執鞭指他二人道：「你們是什麼人？」

木頭眸子微冷，道：「路人。」

那人極不客氣道：「這山路已經封了，你們怎能私自進山。來人，把他們拿下！」

木頭用左手把蘇離離微微往後一推，右手拿過她的竹杖，手臂舒展，行雲流水般優美地劃到地上，一地碎石繽紛而起，啪啪作響打在每個人的腳踝上。用力、角度，無不精確。他將竹杖一拄，對著錯愕的諸人道：「我們只是過路，還是不勞各位拿人了。」

那將領一把擎出佩劍道：「你要做什麼！」

木頭看著他那把劍，鋒刃光華，光可鑑人，仍是平靜道：「不做什麼。我們即刻就要下山。諸位有事請行。」

將領怒道：「小子，你知道這山裡有什麼嗎？也敢在此亂闖！」

「有什麼？」

那人猶豫了一下，終是搖頭道：「事關天下大事，跟你這山野小民說了也不知道。你二人行蹤可疑，不能不拿回去細審。」

木頭微微蹙眉道：「可你們加起來也打不過我，拿不住啊。」

那將領也皺眉道：「我不是正在犯難[1]嗎？」

蘇離離從木頭身後側出半身，道：「敢問軍爺，是哪位大人麾下？」

那將領一臉得色，「梁州州將早在三月前就被殺死了，如今占據梁州十一郡，乃天河府的趙將軍。」

她又問：「哪位趙將軍？」

「姓趙，名無妨。」

木頭容色一冷，抱拳道：「各位還請入山公幹，我們這就下山。」一把拉著蘇離離下山。那將領也不糾纏，看他們轉身離開。蘇離離默默地被他拉著走，突然問：「木頭，你說程叔待你好不好？」

「好。」

「那害死他的人怎麼辦？」

「殺。」他回身站住，「但天下同名者甚多，這個趙無妨未必是掐妳脖子的那人。」

蘇離離冷笑道：「他說山中有某種東西關乎天下大事。我爹當初被官兵追殺，死於此地，此事稍作打聽，也不難知道。若我爹的《天子策》被趙無妨奪去，別說我爹，我都要死

1 犯難：冒險。

不瞑目了。」

木頭沉吟片刻道：「若是被他得去，便不該還派人來找。我們且下山打聽一下，看是不是那個趙無妨。」

他話音剛落，便聽見後面「啊」的一聲，緊接著刀劍聲起，乒乒乓乓響個不停。木頭拉著蘇離離跑回方才生火的地方，轉過一個彎，便見那十餘個兵士已倒了五六人，剩下的連同那個將領與一個白衣人影鬥在一起。木頭細細一看，白衣人一身粗麻，正是先前死了丈夫的農婦。

她的武功招式算不上精妙，手上的兵器卻十分奇怪，似乎是個大竹筒。她將筒口對著誰，誰便避之不及。她手腕轉動，那竹筒四轉，圍攻她的人便不得不矮身躲閃。那將領破口大罵道：「凌青霜妳個臭婆娘，躲在這裡暗算老子。」

那農婦更不答話，以手指將竹筒上的機關一扣，密密的銀線飛出竹筒。那幾人閃身避過，只聽鏗鏘之聲釘在石牆上，竟是寸長銀針，閃著幽藍的光，顯然是有劇毒。那七八人環伺左右，農婦顧此失彼，手臂上已著兩劍。那將領怒道：「大家小心，她的銀針總有射完的時候，不怕砍不死她！」

蘇離離在幼年時便對官兵沒有什麼好印象，此時一見那農婦勢弱，對木頭道：「救那位大姐。」

木頭長身而起，落入陣中，只一招便奪過了那將領的劍，那人一見是他，立時恨道：「我就知道你們不是什麼好東西！」木頭兩劍劃開他的前襟，他不敢再說話，連連退到馬旁，上了馬急急地跑了。

剩下的三兵兩卒也尾隨而去。木頭收劍站住，看他遠去，天已漸漸黑盡。農婦倒在地上喘息，捂著肩臂傷處。蘇離離過去扶她，手觸到她身邊的竹筒時，她叫道：「別碰！」蘇離離忙縮回手，那婦人道：「小心傷人。」蘇離離聽出她話裡的善意，轉到另一邊扶她坐起。

木頭轉過身來，抱拳道：「前輩是人稱『晉陽歸飛鶴』的凌前輩？」

「我是凌青霜，我們夫妻隱居已久，不是什麼江湖前輩了。」她抬頭看著木頭，「這位小兄弟，你年紀輕輕不僅招式奇妙，內力更是精純，必不是自己的修為。」

木頭坦然道：「是一位前輩高人為救我性命而傳給我。大姐為何要殺這幾個兵士？」

凌青霜咬牙道：「趙無妨的手下殺了我丈夫，凡是他的人我都要殺！」

蘇離離雖覺她如此行事太過偏激，卻也不由得問道：「這個趙無妨是何許人也？」

「也不知道是哪來的狠毒陰險之徒，引了千餘人襲擊梁州邊郡，鏖戰[2]數月竟拿下梁州十一郡。方才那個為首的，便是他的兄弟趙不折。」

2 鏖戰：激烈戰鬥。

蘇離離遲疑道：「他們是來找什麼東西的嗎？」

凌青霜冷笑一聲，「沒什麼，不過是兩個月前在後山發現了金沙。趙無妨令人提煉，以做軍資。不料前兩天他的金子被人偷空，他們將山封住，四處拿問。被趙無妨蒐羅在手下的那幾個江湖異士逼問我們，我丈夫性子急，與他們爭執起來。他們之中有善使毒物的，放了條小紅蛇把我丈夫毒死了。」她說到這裡，眼裡浮出悲色。

蘇離離見天色已晚，將她扶起，三人走到山腳下的茅屋。凌青霜用一塊圓鐵封住那竹筒，對蘇離離道：「我們夫妻都善使暗器，你們幫過我，我無以為報。妳不會武功，這個流雲筒就送給妳防身吧。」她打開機關給蘇離離看，道，「妳要小心，這裡面有機簧，鋼針射出時力透鐵石，不可誤傷自己。」

蘇離離也不知這暗器厲害，接過後道了聲謝。凌青霜不再說什麼，也不管身上劍傷，轉身從他們昨日的來路離開了。蘇離離把流雲筒拿在手裡翻看著，抱怨道：「讓那幾個傢伙一鬧，這三更半夜的，我們該到哪裡落腳？」

木頭看她一臉疲憊，七分真實，三分假裝，道：「這裡不能待，先到前面的鎮上吧。」

蘇離離皺眉，做出弱不禁風狀，「我走不動了，今天又爬山又下山，還被官兵嚇。」

木頭白了她一眼，蹲下身，「我背妳。」

蘇離離大喜，將流雲筒綁起，斜挎在腰上，伏上他的背。木頭的肩背不寬，卻堅實平穩，令人安心。伴隨他不疾不徐的步伐，像兒時催眠的搖晃，夜風拂面，蘇離離抱著他的脖子迷迷糊糊地睡著。她溫軟的鼻息掃在他的脖子上，有些癢，卻像背負著世間的美好，心懷珍惜。

邁過地上一條溝渠，晃了晃。蘇離離模糊地問：「重不重？」

木頭說：「不重。」

小鎮上，最大的一家客棧還亮著燈，伙計倚在櫃後瞌睡著。忽有人在櫃上叩了叩，他睡眼惺忪地看去，但見一個年輕男子，劍眉星目地站在面前，他笑著說：「給我一間客房。」臉上的神氣是說不清、道不明的溫柔。

笑容讓伙計愣了一愣，才看清他還背著個人，那人似是睡著了，伏在他肩上，隱約看見白皙的額頭和如畫的眉尾。伙計將他們引進房裡，關上門後出來，心中猶自疑惑不定，這人容色俊朗、態度謙和，深夜背著個人趕路，倒像趕得心情愉悅。怪事年年有，今年特別多。

早晨，蘇離離在客房的床上睡足後醒來，打了個哈欠，欠起身看時，木頭坐在她腳邊，背靠著牆閉目養神。蘇離離輕手輕腳地爬到他身邊，靜看他的側臉，一如那年在院子裡相偎醒來的清晨。輪廓優美，挺直的線條不失圓潤，就像他本人剛毅而不堅執，感情沉默卻深刻。

木頭的眼睫微微一抬，睜開眼來，跟她目光對個正著。他的聲音略沙，一本正經地問：「怎麼？我臉上有錢？」

蘇離離噗哧一笑，戳著他的肩，問：「早醒了吧？」

「妳打哈欠的時候。」

蘇離離也靠牆，跟他並肩倚仗坐著，打趣道：「江大俠住這麼好的房間，我倒好奇，你一會兒怎麼付房錢。」

木頭「嗯」了一聲，直了直腰，腿一挑跳下床來，「在這裡等等，我去把趙不折的劍當了。」

蘇離離大喜，讚道：「原來你也不是不知變通的人啊！不錯不錯，昨夜你奪走他的劍，我就想著能賣個一兩二兩的。可惜啊，趙無妨的金子被人偷了，不然我們順手用用倒不差。」

趙不折的劍乃龍泉上品，一把賣了五十兩，還是因為沒鞘才折價。蘇離離一邊在房裡喝著剛出鍋的薑汁肉末粥，一邊痛惜著木頭不會談價錢，要是讓她去，必定能多賣十兩。她拈一塊生脆的鹹菜嚼著，說：「木頭，我們現在有幾十兩銀子，去劍閣玩玩，然後回三字谷吧。」

店中的特色小包子，墊著松針蒸成，只比拇指稍大，薄皮醬餡，一口一個，鮮香可口。

木頭咽下一個，方道：「好，等我殺了趙無妨就去。」

蘇離離「啪」地把筷子一拍，「你敢。你再去做這種事，我這輩子就不睬你了。」

木頭神色不改道：「我的武功今非昔比，殺他只是舉手之勞。」

蘇離離怒道：「胡扯。連祁鳳翔都沒捉到趙無妨。他身邊又是毒蛇猛獸，又是暗器刀兵的。你武功好有什麼用，讓蛇咬一口還不是會中毒？到時候讓我來釘薄皮花板給你嗎？」

木頭抬起清亮的眸子看著她，「這人害死程叔，還傷過妳，妳爹的東西也可能在他手上。他若不死，妳心裡總是放不下的。」

蘇離離默然一陣，緩緩搖頭，「我放得下，我昨夜在路上已經想好了。他拿到了《天子策》也罷，沒拿到也罷，隨他去吧。這些都不重要，只要你好好的。」她說到這句時驟然停住，聲音瞬間凝固。

木頭慢慢放下筷子，看著桌上的碗，忽一笑道：「好吧，妳說不殺就不殺。」

蘇離離沒好氣地抬頭道：「你就知道氣我。」

木頭抿了抿唇，低眉順眼，把碟子裡的最後一個小包子搛到她碗裡。

天河府在小鎮西北二十里，並無兵馬駐守。蘇離離背著流雲筒，與木頭徜徉街市，自得其樂。在街邊大娘的籃子裡買了一包縫被褥的大鋼針，打開流雲筒後的機關，一枚枚順進去，搖一搖，卻聽不見針響。蘇離離道：「真是個怪東西。」

木頭道：「妳不知道，凌青霜在江湖中為人稱道的就是暗器。他們夫妻都是暗器名家，不僅能製，且善使。她送妳的流雲筒，在江湖中有多少人想要還無緣一見。」

「哈？你怎麼知道這麼多？」

「三字谷裡常有江湖中人來求醫，聽說過一些。」木頭遙望著遠方天空似有浮塵，不覺皺了皺眉。

蘇離離道：「今後要是誰敢欺負我，我用這個對付他。哎，你說，這個鋼針若射到人的身體裡會不會死？」

木頭仍然望著街道盡頭，微抬著下巴，「妳不妨試驗試驗。」

「怎麼試驗？拿你試驗？」

他搖頭道：「馬上就可以試了。」

街市那邊嘈雜起來，人們驚慌奔跑著，朝這邊擁來，叫道：「山賊下來了！山賊下來了！」旁人一聽，也不顧攤鋪，撒腿就跑。蘇離離轉身拉著木頭的腰帶，木頭攬著她的肩膀，站在街心像水流中的石塊，兀自不動。

木頭問：「妳用流雲筒，還是我出手？」

蘇離離皺眉道：「我不想傷人，有點心怯，還是你來吧。」

在他們慢條斯理議論之時，街角已經揚起塵土，一夥山賊舉著長刀，縱馬而來。

馬賊吆喝著，沿街衝了過來，為首之人騎在馬上，個子比別人矮了一截，雖穿著男裝，一條烏黑油亮的大辮子從左肩垂至腰際，髮梢微微搖曳，右耳上卻戴了一枚單粒的紅珊瑚耳墜。七八匹馬將木頭和蘇離離團團圍住，像走馬燈一般轉著。

那女賊舉著一把窄而薄的長馬刀，扛在肩頭朗聲笑道：「這裡有兩個膽大的！」其餘諸人布衣持械，皆非善輩，跟著嘿嘿笑。女賊將馬刀一指，對著木頭的眉心道：「小子，你們倆為什麼不跑？」

木頭一指蘇離離，「她跑不動。」

蘇離離道：「亂講！我怎麼跑不動？不過是不想跑罷了。」

那女賊微微一笑，一排牙齒倒是齊如編貝，「妳為什麼不想跑？」

蘇離離也微微笑道：「你們做你們的事，我們做我們的事。我們身上沒錢，你們該搶誰就搶誰。」

女賊點頭道：「我們只搶錢，沒有錢的就就替我們做苦工。」

蘇離離一臉誠摯道：「我不會做工，只會做棺材。」

女賊聽聞後臉色大變，眉毛一豎，「妳還是給妳自己做棺材吧！」馬刀一揮便向她砍來，木頭一手背著，一手當空一劃，以食指和中指夾住她的刀刃。只聽一聲脆響，馬刀的尖刃從中折斷，雪亮地閃在木頭的指尖。

只一刹那的工夫，女賊愣了，其餘的山賊也愣了。木頭緩緩鬆指，那刀刃落下，直直地插在土地上。蘇離離見他如此厲害，也禁不住跟著得意，上前挽住他的手臂道：「嘻嘻，大姐，有話好說，何必動手。」

女賊躍下馬，將斷刀回握肘邊，正色抱拳道：「這位小兄弟，剛才多有得罪，請教尊姓大名。」她一下馬，其餘的人也紛紛下馬行禮。

木頭淡淡道：「我姓木。」

女賊笑道：「木兄弟，我姓莫，叫莫愁。是岐山大寨的。」她說著，一隊人馬也從街尾那邊過來，為首之人披了件孔雀羽毛織的大氅衣，陽光下一照，閃著藍綠色的幽光。

莫愁迎上去叫道：「當家的，這裡有兩位好本事的兄弟，你來瞧瞧。」說話間，他縱馬近了，蘇離離越看越熟，待他跳下馬背時，脫口叫道：「莫大哥！莫大哥！」

那人的臉龐方正，抬眼時確鑿無疑，正是三年不見的莫大，莫尋花。他細看片刻，大喜，搶上前一把抓住她的肩膀，「離離！妳怎麼會在這裡。哈哈哈。」順手拍了木頭一下，「你還跟這小子混啊。」

蘇離離猛點頭，一時間說不出話。莫大打量她兩眼，遲疑道：「這麼幾年，妳怎麼越長越……越娘了？」不僅蘇離離笑，木頭也笑，連旁邊的莫愁都笑了。

莫愁扯了一下他的衣袖，「人家本來就是姑娘，這麼顯眼。」

莫大大驚，「啊？妳是女的？妳是蘇離離？」

蘇離離點頭，「女的怎麼了？你披著這花花綠綠的氅衣，也沒爺們兒到哪兒去。」

莫大大笑，解下來道：「從一個地主家抄出來的，拿給莫愁玩。」說著，扔給莫愁，莫愁笑著接下，道：「原來是蘇離離，我早聽他說過，沒想到在這裡見著你們了。」她將孔雀氅放回馬背上，招呼著諸馬賊該收的收，該搶的搶。

這邊的莫大只是笑嘻嘻地看著他二人，「原來妳是女的，一直騙我。還說什麼斷袖是盜墓，害我被人笑話得好慘。」

往事歷歷在目，這次，三人都忍不住迸發出響亮的笑聲。

岐山在梁、益兩州之側，地接衡南，西北枕千山，東南臨中原。蘇離離與木頭本無定所，萬方皆是扶搖處，與莫大久別重逢，索性跟著這夥山賊東行。一路近百匹馬，都馱著箱籠。

路上閒聊，木頭問莫大，怎會搶到梁州邊境上。莫大說有位李師爺，教他岐山縣下要與人生息，要搶便要往遠方搶。他們最近過來做了筆大買賣，正要趕回。打這小鎮過，就順便來逛逛。

木頭點頭道：「這是『兔子不吃窩邊草』的道理。」

莫大看了他一眼，「原來如此。你這人肚子裡明白，面上總裝著，我過去就看你不順眼。」

木頭笑笑，問：「做了什麼大買賣？」

莫大摸出水壺喝了一口，「把梁州守將的軍資劫了。」

「多少？」

「黃金兩千兩。」

蘇離離坐在木頭的馬上大笑，眼波流轉，「原來是你把趙無妨的金子劫了，哈哈哈，劫得好！莫大哥，那位莫愁姑娘可是要做嫂子的？」

莫大回頭看了一眼，低頭嘿嘿笑，「那野丫頭，寨子裡搶來的。我出來不久，到處都是兵馬，亂得很，就上山落草。原來的山大王想欺辱她，我沒看過眼，把那大王殺了，就推我做了山大王。莫愁沒爹媽，連自己姓什麼都不知道。因為我姓莫，她也要姓莫，李師爺就幫她取了個名字，叫『莫愁』。」

木頭也回頭看了一眼，莫愁騎在馬上，姿容颯爽，顧盼生輝。木頭道：「這個名字有出處，意思也好。那位李先生是什麼人？」

莫大徐徐策馬道：「是個算命先生，叫李秉魚，兖州人，以前給縣大老爺做過兩天師爺，被搶之後就上山。我看他識文斷字就讓他幫我記帳。他這人整日喝酒，糊裡糊塗的，出的主意卻妙極了。還幫我算八字，說我有將帥才，只是時機未到。」

蘇離離嬉笑道：「我說，你這麼不學無術的人，現在也明白事理，還能做一寨之主了。原來是有人教啊。」

莫大也涎臉笑道：「妳也不賴，當初把這小子救下來，就想著讓他當小女婿了吧？」

木頭微微笑，蘇離離「呸」了一聲，道：「這裡的人知道你的大名叫什麼嗎？莫愁可知道？」

莫大登時閉嘴斂容，一臉正經。

一路翻山越嶺，七日後到了雍州邊上的五丈原。秋風蕭瑟，天氣漸涼。莫愁做了道地的岐山臊子麵。肥瘦適宜的帶皮肉，切碎下鍋爆油，加上香料辣椒，最後倒上當地人釀的醋，炒得鮮豔油亮，香飄十里。擀薄的麵皮切成細條，下鍋一煮，撈起來後澆一瓢臊子，酸、辣、香，令人回味無窮。

木頭吃得冒汗，意懷叵測地問蘇離離：「妳怎不學一學？」

蘇離離瞪他一眼，「這麵的香味全仗著醋好，山陝這邊出的醋，別的地方比不了。就算今後做給你吃，也不如今天好吃了。你趁早多吃點吧！」

次日上山，行了半日，便見兩峰矗立如歧，嵯峨對峙，山川形勝，地貌巍然。莫大說這叫「箭括嶺」，山間有吊索輪滑，可以飛躍而過。蘇離離腳臨深淵，眼望蒼穹，胸懷開闊，肝膽緊縮，自是不敢去那雲霧中的輪索滑上一滑的。

羊腸小徑轉過那險峰後，地勢稍平，寨角嶙峋。有人先在旗樓上望了一望，寨中漸漸沸騰起來，叫道：「大王回來了！大王回來了！」

莫大抬頭挺胸，頗有領袖風度地頻頻揮手示意。八丈大的木鐵柵門緩緩絞開，眾人進了山寨[3]，但見這寨子極大，半山都是星星點點的房屋。莫大將手一揮，「兄弟們辛苦。把東西抬去後面給李師爺入帳，下去歇著吧。」

一時有人端上酒水點心，幾人洗了手坐下閒聊兩句。木頭看著吊在頂上的油燈，突然道：「我想見見你說的那位李師爺。」

莫大欣然地領他們往後寨去，一路見人扛著木料，搭著梯子修房。

莫大疑道：「你們在做什麼？」

手下嘍囉忙回道：「大王，李師爺前兩天推太乙數[4]，說年末西北方有大災，叫什麼……

3 山寨：在此指搶財搶物之人在山中的營地。
4 太乙數：在中國古代的一種占卜術。

什麼天劫，叫我們把寨子好好整修一番。」

莫大罵了句：「怪力亂神。」

穿過兩個小寨子，抵達寨後屯糧之所。一座大石洞，高二十餘丈，深逾百丈，洞內有些晦暗。開闊處一張油黑的桌上擺著個葫蘆，一人正將一本冊子對著洞口微光辨著。莫大叫一聲，「李師爺。」

那人回過頭來，慌忙放下帳冊，站起身作了個揖，醺醺道：「大……大王回來了，大王萬安了。」

莫大揮揮手道：「你這神棍，又算出了什麼精怪？叫人家修房子。」

李師爺一撇山羊鬍，五六十歲的年紀，醉眼惺忪地看了莫大一眼，故弄玄虛道：「不可說，不可說，天機不可洩露。」忽一眼瞥見蘇離離和木頭，收了玄虛態度，只瞇著眼打量，「大王……這是新入夥的兄弟？」

蘇離離看他不甚清醒，笑向莫大道：「莫大哥這幾年可威風啊。人家祁三公子打下北方半壁江山，也才是個銳王，你如今也是大王了。」

莫大嘿笑道：「威風什麼呀，這一帶三州交界，常常有兵馬打鬥。百姓沒地方去，才紛紛跑到山上做賊。」

李師爺站不住，一屁股坐在椅子上，搖頭晃腦道：「祁三公子啊……他那個銳王只怕是要做不成了。」

木頭抱肘道：「怎麼？」

李師爺輕點著桌子，「這次派出去蒐集線報的人回來告知，祁公子鳳翔被他爹打入天牢了。」

蘇離離大驚，「為什麼！」

李師爺的雙眼閃著矍鑠的光，三分洞察，三分老練，掩在四分醉意下，「他心懷忤逆，私藏前朝的《天子策》，被祁煥臣查出來了。這祁鳳翔又不識時務，偏不肯吐出來，於是他爹將他削去軍職，打入天牢，只怕連小命也要保不住了。」

蘇離離又吃一驚，「怎麼，祁煥臣會殺了他？」

木頭在一旁沉吟道：「若是他大哥摻在裡面，就難說了。」

李師爺翻開冊子，「哦對，這裡還有一條。祁鳳翔手下的大將歐陽覃也被他的太子哥哥拉去了，如今整日出入太子幕府，和太子打得火熱。」

木頭目光如炬，只盯著他道：「李師爺以為當下之勢如何？」

李師爺微微抬起眼皮，覷著他道：「大王還是早日離開吧，劫了趙無妨的軍資，他遲早來找你算帳。」說著，搖搖晃晃地站起來。

木頭淡淡道：「李師爺真醉假糊塗。」

李師爺頓了頓，斜了他一眼，哈哈大笑兩聲，蹣跚而去。

莫大莫名其妙道：「什麼意思？」

木頭看著李師爺搖晃的身影，道：「趙無妨不日將出兵梁州，不為軍資，欲伺祁氏內亂而動。祁鳳翔在年初平定山陝，戰功卓著，身分卻尷尬。他若不肯退讓，祁家雖雄霸北方，早晚有一場內訌。如今他倒楣，必是祁煥臣時日無多，怕基業毀於一旦，想防患未然。」

蘇離離驟然聽到祁鳳翔的消息，驚疑非常。在她的印象裡，祁鳳翔強大到無所不能，是能把什麼事都攥在手裡的，是讓她看著既害怕又聽話的，他怎麼能有被人制住的一天？蘇離離低低道：「那你覺得是殺？是貶？」

木頭搖頭，「難說。畢竟祁鳳翔用則如虎，反則為患。」

莫大抓頭髮，急道：「你們說話不要這麼掉書袋[5]！就說我這邊怎麼辦？」

木頭低頭想了一回，「你有多少人？」

「近兩千多人吧。」

木頭忽然笑了笑，看得莫大一陣發怵，「兄弟你別笑，你笑得我心裡發毛。」

正說著，莫愁從那邊過來，問：「蘇姑娘、木兄弟，你們……」話沒說完，卻低了低頭。

5　掉書袋：喜愛引經據典，咬文嚼字的毛病。

蘇離離道：「什麼？」

「你們是住一處呢？還是……」

蘇離離愣了一愣，低下頭，側看木頭一眼，見他泰然自若地翻著李師爺的帳冊。蘇離離把頭一抬，道：「我們不住一起的。」帶著三分惱意，卻紅了臉。莫愁「哎」了一聲，忙轉身去安排。

木頭「啪」地闔上帳冊，四平八穩道：「這邊該怎麼辦，讓我想想後再說吧。」

莫大後來回想起來，總是感慨萬千。這個姓江的小子話少人冷，偏偏從入山的第一天起，自己就開始聽從他了。命乎？運乎？

莫愁布置了兩間比鄰的客房，蘇離離住在左邊，木頭住在右邊。晚上，蘇離離在漱洗後回到房裡，素潔的被褥鋪在床上。她也不點燈，坐在床邊，撫著那棉布發呆。

約過了一盞茶的工夫，門扉被悄無聲息地打開，一條人影鑽進來關上門。蘇離離抄起枕頭扔過去，木頭應手接住，扔回她的床上。蘇離離低聲冷笑道：「瓜田不納履，李下不整冠。木兄弟，這大半夜的你跑到我房裡來做什麼？」

木頭站在她面前，有些淡薄的月光隔窗映在他臉上，顯得朦朧不真切，「妳惱我了？」

「我惱你什麼？」

「今天莫愁問我們是不是住一起，妳惱我不說話。」

蘇離離果然惱了，「這種話你不回，你讓我來說。」

木頭半抿著唇，雖未笑，卻比笑更多了幾分愉悅，「我想依循妳所說的。妳說一起住那就一起住，妳說分開住，我也可以悄悄來看妳。」

蘇離離騰一下站起來，卻被他一把撈住抱在懷裡。她三分氣惱，三分玩笑，伸手捏起他的雙頰。木頭被她捏得皺起鼻子和眼睛，下顎的弧度本來恰到好處，現在被扯寬了三分，鼻眼縮在一起，言緘依從，目露無辜。

蘇離離嘻嘻一笑，鬆手時踮了踮腳，在他唇上吻了一下，將他的臉揉了揉，恢復成原本的面目。木頭無奈地看了她半晌，問：「妳是不是覺得自己害了祁鳳翔？」

蘇離離默不作聲，手從他肋下穿過，抱住他的腰，嗅到他衣服上淡淡的香味，像山林木葉的清香，半晌方慢慢道：「我跟趙無妨胡編過他，但他也利用過我；我因之受過傷，他卻又救治過我。」她驀然想起祁鳳翔手上的刺痕，心裡寥落，彷彿又觸到那種孤單和依賴，明知他是鴆酒[6]，卻渴得時不時就想喝。

6 鴆酒：毒酒。

「木頭，我跟祁鳳翔互不相欠。只是那段日子城破人亡，我孤身在這世上，是他在我身邊。」她緩緩道，「我要來取《天子策》，所為有二：其一，《天子策》是我爹的遺物，不能輕棄，留著又是個負擔；其二，祁鳳翔志在天下，我把《天子策》送給他，物得其主，從此他不惦記我，我也不惦記他。你明白嗎？」

見他不語，蘇離離細細地看著他，「你生氣了？」

木頭搖頭，「沒有。我在想，妳雖說得輕描淡寫，可我不在妳身邊，妳吃了很多苦。我本該預料到，但我還是走了。」

「你離開後也吃了很多苦，咱們扯平。」蘇離離輕笑著。

四目交投，有些細碎的親暱廝磨，淺嘗即止，卻又久久沉溺。木頭吮著她的唇，蘇離離心有旁騖，沉吟道：「我一直在想，回京把房子賣了，然後去冷水鎮開棺材鋪。你說好嗎？」

木頭卻專心得緊，隨口道：「妳走的時候怎麼不賣？」

「走得急，沒時間。又怕祁鳳翔作怪。」

「現在就不怕？」

「現在……嘻嘻，他倒楣了，又有你在，我賣我的房子，誰管得著？」

「嗯……」木頭勉強答應了一聲，蘇離離捧著他的臉道：「我在跟你說話呢。」

木頭點頭，「祁鳳翔是個明白人，就算有幾分喜歡妳，也不會過於執著。關鍵在於妳要專心地喜歡我。」他說到最後一句，眼神一凶，瞪了她一眼。

蘇離離卻笑道：「嘻嘻，你有什麼讓我喜歡的？」

他哼了一聲，用力把她抱起來親吻。緊貼著他的胸口，隔著衣料感覺到他肌體的熱度和力量，蘇離離只覺耳根發熱，用力掙開他道：「我們在人家山上做客，你注意體統！」

木頭鬆手，蘇離離看著他悻悻的神情，大是高興，以手指戳著他的胸口道：「哎，你說，我的《天子策》在哪裡啊？」

木頭抬了抬眼皮，出餿主意道：「要不讓李師爺給妳算算？」

這夜，木頭就是賴著不走，蘇離離拗不過他，兩人只好和衣而眠。她白天爬山趕路，倒在枕頭上就睡著了。木頭側在她枕邊看著她熟睡的樣子，就像他那天離開的眷戀。指尖輕觸著她的臉，皮膚細膩柔滑，心裡充盈滿足。

早上醒來時，木頭不在枕邊。蘇離離也不知別人知不知道他昨晚在這裡，出門遇見莫愁，沒見異樣，便放下心來洗了把臉，吃了碗粥。山上冷，莫愁拿了件厚衣服給她，說後山的兄弟們在練武，莫大王拉了木頭過去指教，問蘇離離要不要去看。蘇離離問明了地方，道：「我一會兒過去瞧瞧。」

出來後，寨大山洞這邊，李師爺正抱著白瓷小壇，擺一個荷葉杯斟著。那酒清澈透亮，甜香撲鼻，循循而入，八分即止。他端起來，啜一口，大是愜意，吟道：「紅袖織綾誇柿蒂，青旗沽酒趁梨花。」

蘇離離緩緩走到洞口笑道：「眼下秋來冬至，不是這等春光。一大早的，李師爺又喝上了。」

李師爺放下杯子笑道：「蘇姑娘也知道飲酒賦詩？」

「不怎麼知道。」蘇離離已進到洞內，「這裡黑漆漆的，怎麼不點燈？」

李師爺搖頭道：「這是倉庫，怎能用火！」

蘇離離失笑道：「是我糊塗了。李師爺，聽莫大哥說你善卜筮測算，我正有一件事想請教你。」

李師爺精神一振，道：「什麼事，說吧。」

蘇離離斟酌道：「我有一件家傳的東西，找不著了。我想知道它在哪裡。」

李師爺撚著山羊鬍，「唔……找東西，什麼時候丟的，在五行中屬什麼的東西？」

「上月二十五發現不見了，屬金。」

李師爺沉吟半晌，打開小桌內屜抽出一張星盤，伏案推演干支。蘇離離看著山洞高大空曠，寒氣逼人，轉到外面的陽光底下曬了曬，見一條肥壯的毛毛蟲從這片葉子蠕動到那片葉子；又進來石頭上坐坐，看地上的螞蟻東探西探，尋覓冬糧。

抬頭時，李師爺演算片刻，又沉思片刻，再酌酒一杯，越飲越醉。蘇離離忍不住好笑，站起來想說：「算了，我去找莫大哥他們。」

話未出口，李師爺一拍桌子道：「推出來了！」

「怎樣？」

「這東西在土上，木下，傍水之處。」他習慣性地搖頭晃腦。

蘇離離瞠目結舌道：「就這樣？」

李師爺瞪圓雙眼道：「怎麼？這還說得不夠細緻？」

蘇離離哭笑不得，「你總得說個地方，比如梁州還是雍州，在什麼人手裡。」

李師爺盯著那星盤看了半晌，赧笑道：「法力有限，法力有限。」

蘇離離耗了大半個上午，頗為無奈，轉身欲走，走了兩步又折回來道：「李師爺，我不知道你有什麼難言的傷心事，只是你本有學識見地，即使懷才不遇，又何必整日都把自己灌醉裝糊塗呢？人世寬廣，自有適意之處。」

李師爺一愣，往椅子後倚了倚，望著蘇離離不說話。蘇離離言盡，轉身出來，便聽他在身後緩緩吟道：「愁閒如飛雪，入酒即消融。好花如故人，一笑杯自空。」

原來是個多情種子，蘇離離搖頭離去。

回到大寨，就見莫大、木頭、莫愁都回來了。莫大笑道：「妳去哪？，我們等妳半天。」

蘇離離端起杯子喝水道：「找李師爺算個事，他耽誤了老半天。」

「哈哈，妳找他算什麼？」

「找個東西，我爹留下的一個匣子。」她轉頭看了木頭一眼，木頭正拿水甕把她喝空的杯子又倒滿。

莫大問道：「什麼匣子啊？」

蘇離離也不拿莫大當外人，望天想了一陣，「約莫九寸長、八寸寬、六寸厚的一個烏金匣子，很堅實的。」

莫大用手比了比，也想了一陣，「很堅實？是不是埋墳裡的？」

蘇離離一口水沒咽下去，險些咳出來，「你見過？」

「倒是見過一個。」他遲疑道，「早先我出來，到處亂糟糟的。走到梁州時，遇上官兵捉丁，躲到一座山上。妳教過我看山勢巒頭，我當時見著一座荒墳，那地勢風水好得不得了。我窮極了，想著也許是哪位貴人的古墓，不立碑就是為了防盜，直接挖了。結果挖了半天既沒有棺木，也沒有屍身，只得一個不滿一尺的金匣子。」

蘇離離越聽越急，又是緊張，又是欣喜，「那匣子呢？」

莫大又想了一陣，「我以為那裡面定然有什麼好東西，可是撬了半日撬不開，砍了砸了也沒用，還用火燒了一通，也不熔。」

蘇離離幾乎想張牙舞爪地撕了他，「那你到底弄到哪裡去了？」

莫大搜腸刮肚，蹙眉道：「我……我忘了。」

「啊……」蘇離離頹廢地叫了一聲，無言地點頭。莫大看她這樣，抓頭髮道：「妳過去也沒說過，我怎麼知道那是妳家的東西。」

莫愁忽然打斷他們道：「是不是後面修豬圈，木樁短了一截，墊在下面的那個？」

莫大一拍腦門道：「好像是，走，去看看。」

四人忙到後寨。後寨養了幾十頭豬，大小不一，左右擁擠，圈裡臭烘烘的。莫愁轉了一圈，指著北面木樁下，那一塊黝黑的方形石頭道：「好像是這個。」

圈側那豬膘肥肉厚，雙目惺忪地看了幾人一眼。

蘇離離扯著裙裾蹲下身，但見那石頭稜角分明，指甲一刮，附著的煙塵掉落，露出烏金的底色，正中間的三稜形小孔依稀可辨，堅強地佇立於……土石之上，木柱之下，水槽之旁。

蘇離離半是驚喜，半是哀嘆，撫額道：「無奇不有！」

木頭望豬道：「暴殄天物。」

「舔什麼東西？」莫大愣了一愣，隨即跳腳道，「你們又掉書袋！到底是不是啊？」

據說囊括天地之機，包藏寰宇之計，為天下群雄所覬覦的《天子策》，驚現在岐山大寨莫大王的豬圈中。莫大當即令人拆了豬圈，將那匣子取出，拍拍灰遞給蘇離離。

一時皆大歡喜，只有豬不高興。

木頭幫蘇離離洗淨匣子，卻疑惑道：「這麼小能裝下什麼神出鬼沒之計？」

蘇離離奮力地刷著匣子，道：「我爹沒說過，他又不是皇帝，能有什麼帝王之策？真有那能耐，會被人殺了嗎？不過他說過先帝性子隨和，有時喜歡開個玩笑。我猜這《天子策》也就是皇帝他老人家一時高興，故作神祕地裝上，傳給後世之君玩的。」

「那妳還這麼重視？」

蘇離離接過他遞來的抹布，擦乾上面的水，「我爹寧死也不給那昏君，我就想這是多麼了不得的東西，更多的是他的志節，威武不屈，貧賤不移吧。」匣子帶著烏金色澤，非銅非鐵，光可鑒人。

木頭仔細地查看一番，疑道：「當真刀不能開，火不能熔？」

蘇離離看他躍躍欲試的樣子，一把拍掉他的手道：「你敢用刀砍，我就把你砍了！」

木頭委屈道：「我還不如個匣子。」

蘇離離一時語塞，愣了半晌，狠心地把匣子遞出去道：「砍吧砍吧，我說笑呢。」

木頭一把將她拖進懷裡，「妳捨不得砍我，我也捨不得違妳的意，砍妳的匣子。」蘇離離聽他說得明白，愣了愣，卻淡淡地笑了。

木頭看著她溫柔的笑容，問：「還回去賣房子嗎？」

「賣呀，我就那點財產了。」

「那這個匣子呢？」

蘇離離低頭看了看，「祁鳳翔有鑰匙，還是給他吧。要是他交出去後還能救命當然好，救不了也怪不得我了。」

木頭眼睛明亮，定定地看了她一會兒，想說什麼，又止住了。

木頭和莫大下山去了雍梁邊界，一去半月，說是為了一旦開打，岐山大寨好即時應對。蘇離離閒散了十餘日，沒事跟莫愁練練騎馬，有時以手指扣著《天子策》的匣子極目眺望，天高雲淡，不起波瀾。木頭要她一心一意地喜歡他，她便一心一意地喜歡。

不為什麼，因為那是木頭，是和她一起做棺材的人，是在驚慌中給她慰藉的人，是為了她的安危可以捨棄生命的人，像一個港灣，一觸便心安。蘇離離不是個貪戀世間五光十色的人，她是在浮世中被遺棄流離的孩子。如果說祁鳳翔有什麼觸動過她，便是他偶爾流露的那分寵溺，卻從不能讓她安心。

每次稍微生出的希冀，最終都會被他掐滅。他既不會靠近，也不會遠離，於是她轉身離開，卻仍記著他。蘇離離容易忘惡，卻把些微的好記在心裡。因為在她十多年的生活中，前者多，後者少。並非美德，只為自己活得開心愉快。她要的也就是如此而已。

木頭回來時，有些曬黑了，風塵僕僕的樣子。莫愁一路跑到寨門口，而莫大一把攬住她的肩，相偕而歸。蘇離離也大方上前，挽住木頭的手臂將他拖回去，心裡忽生出一種異樣。這種等待彷彿妻子對丈夫，是她不熟悉，也從未設想過的。

蘇離離自以為驚世駭俗地說：「木頭，你娶我吧。」

木頭淡定地應了句，「好啊。」

蘇離離看他不驚不懼、不喜不憂，再逼一句：「什麼時候娶？」

「妳定。」

蘇離離終於敗下陣來，訕訕道：「再說吧。」

木頭容色嚴肅，一本正經道：「明天就可以啊，妳實在著急，今天也成。只是今天已過了大半，白天的禮儀來不及了，晚上的內容似可斟酌……」

蘇離離一腳踹過去，「斟酌個屁，你想得美！」

雖是玩笑，卻知道他在想什麼。只是她拒絕，他便也不躁進。

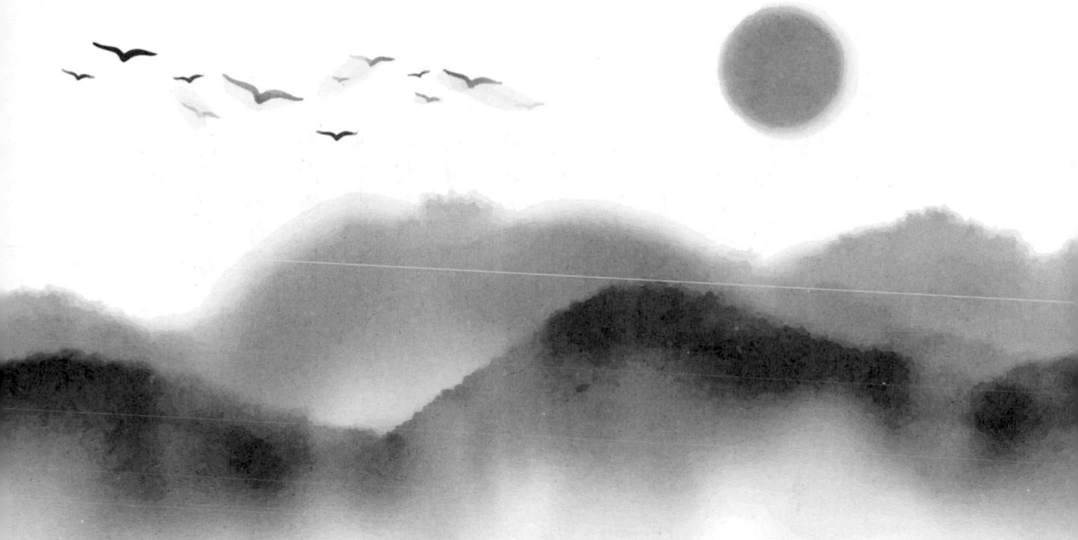

拾貳・心安即吾鄉

九月二十三，蘇離離背著流雲筒，木頭背著兩人的行李，牽著兩匹馬跟莫大辭行。莫大劫了趙無妨的金子，一部分入庫，一部分給同去的兄弟平分。莫大把自己分得的十兩黃金，全都送給蘇離離，說：「其他的錢是寨裡的，我不好隨便拿出來送妳。」

蘇離離扔回五兩道：「老規矩，平分。」

木頭聽他說得公允，點頭道：「莫大哥能拉起這麼多人，全在仗義輕財。」

莫大狠狠道：「你小子，拐著彎罵我別的地方一無是處吧！」

木頭無奈地扯了扯唇角，「別忘了我說的事。」

莫大仍擺著臭臉道：「忘不了。」

過了三年多，這兩人還是和當初一樣話不投機。

十月初二，蘇離離站在京城西門外，看看時候尚早，拉著木頭去看程叔的墳。不大的墳塚上草葉蕭條，兩人跪倒後磕了三個頭，徑去棲雲寺找十方。棲雲寺破敗如舊，門匾也掉落了。二人穿過接引殿，踏上大雄寶殿的石階，木頭陡然警覺起來。

只聽極細的破空聲，「嗖」地一響，木頭伸手在蘇離離面前一劃，已拈了兩枚袖箭，道：「出來吧。」他並不疾言厲色，也不大聲呼喝，自有一股從容。角落的帷幔後有某種東西落地，一個小和尚穿了身縫補破舊的衣裳，一手拉著帷幔，愣愣地看著蘇離離。

只片刻，他叫道：「蘇姐姐！」

蘇離離站著沒動，他又叫了一聲「蘇姐姐！」後跑上前來，被木頭一手抓住領子，問蘇離離：「認識？」

蘇離離這才猛然蹲下身，拉著那小和尚的手，道：「于飛！于飛！你怎會在這裡？」木頭鬆開他的領子，于飛激動地抓著蘇離離的手，「蘇姐姐，我當初喝的是假死藥，吐了許多血，在宮裡耽擱了三天才瞞過耳目被送出來，足足躺了半個月才能起床，險些真死了。」他邊說邊哭，悲喜出於胸臆，不似往日深沉鬱悒。

蘇離離只微笑著聽他說，待他說完，摸著他的光頭緩緩道：「你沒死就好。」

「他剛才用袖箭射妳。」木頭冷淡地插了一句。

于飛急道：「我不知道是妳，那是師傅留給我防身的。門外的匾額放在地上，自己人一看就不會進來。我聽見有人進來，心裡害怕，就把袖箭按出來了。」

蘇離離瞪了木頭一眼，「好了，他不是故意的。」又回視于飛道，「十方是你的師傅？」

于飛道：「嗯，我現在這樣叫他。他正想著法子送我出城……其實做和尚比做皇帝快活。」他忽然抬眼看著蘇離離的神色，遲疑道，「如今，祁……」蘇離離神色平淡，打斷他道：「那你師傅呢？」

「阿彌陀佛，貧僧在這裡。」十方玉白的面孔，洗褪色的淡藍緇衣，不知何時合掌站在殿門口，「施主找貧僧何事？」

蘇離離看他態度寵辱不驚，沉吟道：「我有一件東西，拜託你交給你主子，他用得著。」

十方尚未答話，木頭忽然道：「我會拿去給他的。關在哪裡？」

蘇離離愕然，十方仍是不慍不火道：「大內天牢，最裡面倒數第二間。」

木頭點頭道：「我知道了，走吧。」

蘇離離跟著他出門，臨去前望了于飛一眼，見他依在十方身邊，略放下心來。走下那青石臺階，木頭握住她的手，蘇離離的手心有些冷汗。木頭站住道：「他救這小皇帝，於他而言弊大於利。」

蘇離離愣了一愣，將另一隻手合在他的手背上，黯然道：「我知道。」

木頭搖頭道：「妳不知道。」

蘇離離慢慢道：「我知道。他喜歡葉知秋的女兒，卻又被他父親搶去的這種話，趙無妨傳不出來。當初我跟趙無妨撒謊，他將計就計，自己編了這麼一個謠言，讓人傳出去。他要天下人知曉，父兄待他不仁，以利他將來不義。否則以十方耳目之廣，這種傳言他早該聽到，又怎會毫無因應，以致下獄。」

她拉起木頭的手，「他對我好是真的，算計我也是真的。我願意把《天子策》送給他，就讓十方拿去就好，你又何必自己涉險？」

木頭看了她半晌，微笑道：「我有話要跟他說，我拿給他就是。」

兩人牽著手從小山丘上下來，已是正午。找了間小店吃點東西，蘇離離買了些蔬菜吃食、漱洗之具，回到如意坊街角的蘇記棺材鋪。去年離開時，只覺世間孤單零落，漂泊無涯。唯今相伴而回，心神清定。人生之跌宕變化，非人力所能窺測。

木頭把鎖擰斷，二人得以進門，但見浮塵沾在窗櫺上，院子裡還散著木料，那口沒做完的棺材也原樣擺在那裡。什麼都沒變，只有蘇離離放在枕上的那張字條不在了。蘇離離笑笑，放下東西便打了水來擦灰。

木頭將地洗了一遍，八尺長的竹枝掃帚劃得地上條石唰唰作響。午後斜照進院中的陽光，映著空中塵埃飛舞，纖毫易見。蘇離離想起木頭說的「塵質搖動，虛空寂然」，忽然走到院中，從後抱住他的腰。木頭回過身，擁著她和掃帚，地上照出奇特而和諧的影子。

他們收拾完這一院子後已是傍晚時分，簡單吃了點東西。蘇離離點了一截蠟燭，找出床褥被套來換上。木頭燒了水洗澡，洗完又給蘇離離盛滿一大桶熱水。蘇離離進浴室插上門，見桶身溼著，想到這是他剛才洗澡時，身體髮膚觸碰過的東西，臉上就有些發熱。

洗完換好衣服出來，見木頭一身白色的底衣也不覺得冷，挽著袖口站在院子裡看那屋簷。蘇離離走過去，「看什麼呢？」

木頭似嘆似問：「姐姐，妳說，這裡是家嗎？」

蘇離離被他這一問，有些悵然，「怎麼不是呢。我攢了好幾年的銀子才把這麼大的院子買下來，總算有個落腳的地方。那幾年和程叔一起，雖過得清貧，想想卻很留戀。」

她解開頭髮，綰著的髮梢沾溼了一些水，垂在衣服上。木頭回過頭來拉著她的雙手道：「我當時那麼慘，也不知道自己昏在哪裡，醒來就看見妳指著我說，要是死在這裡，只能給我睡薄皮匣子。」

蘇離離一拳捶在他的胸口，「你這個臭小子，都四年了，怎麼這麼記仇啊！」

木頭把她撈到懷裡，聞著她洗過澡的味道，懶洋洋道：「我當然還記得別的事。」

「記得什麼？」

他望著她的眼裡有星星點點的欲望，「記得妳的腿，妳裹著一條浴巾把我踢到薄皮匣子裡，我卻一直記著妳的腿。怎麼會那麼好看。」

蘇離離大窘，想掙開他，卻被他捉住親吻。在這個屬於他們的院子，在這個僅有他們的院子，貼在他懷裡，纏綿而心動。蘇離離吊著他的肩膀，輕聲道：「我只鋪了一張床，怎麼辦？」

木頭低低道：「好辦，一起睡。」

他半抱半舉地將她拖進房間。白白的蠟燭在火光下有些剔透。放下她時翩然一轉，也不知是誰把誰推到床上。蘇離離踢掉鞋子，跪到裡側，木頭也跪上床沿，抽開她夾衣上的腰帶，解下淡藍夾衫。手從她裡衣的領口伸進去，由肩背直撫到腰上。細麻的白衫子滑在胯間，腰與臀的曲線柔和而分明。

兩人跪在床上，木頭的衣裳卻被蘇離離扯開，半露著胸膛，腰腹上隱隱浮現出肌肉，身形雖有些瘦削，卻堅實有力。她緩緩摸上去，帶點跳躍的癢，輕輕撩撥。木頭的呼吸紊亂，一把將她按在胸口，有些粗暴地吻在她唇上，手掌撫著她的背，細膩的觸覺令人不忍釋手。

木頭頭皮一麻，抓著她半垂在腰間的衣衫猛力一扯，衣服被撕了開來。

蘇離離皺眉，輕聲道：「你幹嘛用撕的？」

木頭直了直身，深吸一口氣，甩脫身上的中衣，「它擋到我了。」隨即抱住她。

「你要把我脫光了。」

「嗯。」

蘇離離膽怯道：「然後呢？」

他扯著她菲薄的褲子，「然後妳躺著。」

蘇離離下意識擋住他的手，「你怎麼知道？」

木頭舔了舔她的嘴唇，一把將她帶倒在床上，「我看過醫書。」

「什麼醫書會講這個？」

他扯著褲腳將她剝了精光，道：「《房中祕術》。」

蘇離離急切地尋找被子躲藏，也不忘罵道：「我呸！這哪是醫書，你哪來的？」

木頭詭異地笑道，「韓先生的，被我發現了。」

「啊？」

韓蟄鳴光輝的形象頓時猥瑣了。

蘇離離拖著被子不放，直叫：「吹蠟燭。」木頭看也不看，隨手一揮，五尺外的蠟燭應手而滅，一縷青煙裊裊而起。屋裡一時有些暗，看不清東西，他拉開被子俯下身抱她。

「嗯？」昏暗中的蘇離離輕聲詢問，卻忽然「啊」的一聲，手推拒在他的胸口，又不是十分堅定。半明半昧的月光照清彼此的臉龐，在十月寒涼的空氣裡，呼吸可見。生命定格在某個瞬間，時光疊加著掠過，捉不住一個片段卻心意遷延。身體的契合如落定的誓言，不曾約好，卻共同發現。

心底有種愴然，從中生出喜悅圓滿。蘇離離的眼睫上沾著淚，卻抬起脖子緩緩吻到他唇上。柔軟而溫存，綿密卻熟悉。

事後睜開眼來，世間萬物彷彿如舊，又彷彿都是新的。待喘息平順下來，蘇離離疲軟地抬手，掐在他終於鬆懈的胳膊上，用力地掐、用力地掐，奈何手腕軟得發抖。木頭把她攬過來，溫言相勸道：「妳的力氣不及我，還是不要做無謂的反抗了。」

蘇離離本想以氣勢奪人，奈何聲氣也細弱了，「你個渾蛋，好疼啊！」

木頭吻著她的額，「那一會兒我溫柔點，試試看還疼不疼。」

「不要！」

木頭含情脈脈地看著她，蘇離離堅定重申道：「我要睡覺了！」

木頭微微笑著，並不答話。

這夜，他用事實給她證明了亙古不變的道理——再豪邁堅定的言語也趕不上一丁點實際行動。

第二天，兩人睡到了中午，蘇離離趴著不想起床。某人也陪她躺了半天，手腳又開始不老實了。蘇離離無奈而憤恨，勉強爬起身，被木頭一把拖回去，按在榻上，運起內力，把她從肩背揉到小腿腳踝，一身疲乏頓消。

換了衣服起床，洗手下廚房。將鮮魚做湯，熬得奶白；蒸了昨天醃好的米粉肉，肥瘦合宜，軟糯相兼。冬瓜切成薄片，炒碎蝦米，晶瑩剔透。

木頭拈一片冬瓜，大讚好吃，蘇離離瞪他一眼，「哪裡好吃？」

木頭把她從頭到腳看了一遍，態度和藹真誠，「哪裡都好吃。」

吃完飯，木頭收了碗，蘇離離讓他摘下匾額，在大門上寫下「鋪子出售」。

傍晚，天將黑不黑，木頭將裝有《天子策》的匣子用一塊布包起，打個結背在背上。

蘇離離看他繫著腳上鞋襪，忍不住道：「你小心一些。」

「嗯。」木頭回頭看她，「有什麼話要跟他說嗎？」

蘇離離愣了一陣，「沒有。」

「那我走了。」

她輕輕打了個哈欠，「早點回來。」

「知道。」

看他挺拔的身影消失在長街盡頭，蘇離離關上門回到床上，倒頭睡去。

一個人的輕功與耳目之聰敏，與內力強弱休戚相關。木頭此時的功力，只需提一口氣，便能躍入十丈宮牆，在暮色中倏來倏往，如影似魅，渾不可見。趁著酉時初刻換崗，掩入大內天牢。牢內的侍衛一聲不出，已被他盡數點倒。

能蹲天牢的人，歷來不是封疆大吏，就是王子皇孫。古禮刑不上大夫，故天牢雖是牢，卻是待遇最好的牢，徒然四壁卻潔淨乾燥。木頭無聲地行到最末倒數第二間，隱身於黑暗之中，便看見鐵欄另一側的祁鳳翔。

他萬分優雅地抱膝坐在稻草雜亂的地上，將一襲白衣穿出幾分「跌落塗泥不染塵」的味道，正藉由一方不及一尺的小窗，翹首望月，不知所思。他左手的拇指和食指捏著一根稻草，慢慢揉捻著，稻草在他指間柔順地曲折蜷縮。他的中指微微屈起，忽一彈，稻草團白光一閃，從碗口粗的熟鐵欄隙射了出來。

木頭抬手接住，緩緩走近欄杆，水銀般的月光下浮出他俊朗的眉目，以及如星一般明亮的雙眼。祁鳳翔方徐徐回頭，看到他時愣了一愣。目光從他的臉上看到腳上，打量探究。江秋鏑不復那個沉默冷清的少年，臉部輪廓英挺深刻，身形挺拔矯健，眉宇間卻多了一分洞察的平靜。

祁鳳翔微微瞇起眼睛，神色似笑非笑道：「是你。」

木頭也不說話，打開挽著的包袱，蹲下身將烏金燦然的匣子從鐵欄間遞進去，放在地上。祁鳳翔驟然收起笑，愣了愣，「你拿到這裡來給我？」

木頭並不站起，扶膝道：「不要告訴我，你沒有暗人隨侍來見你。」

「你以為這裡這麼好進？」祁鳳翔緩緩搖頭，語重心長道：「你不是個自大的人，卻總在不經意間貶低別人。看來這幾年虎落平陽，也沒有磨平這分傲氣。」

木頭慢慢站起，「我不是來和你議論人品的。有人願意把它送給你，僅此而已。」

祁鳳翔平靜卻不容置疑道：「我不要。」

頓了片刻，木頭方問：「為什麼？」

祁鳳翔眸裡的光冷冽如刀，緩緩站起來，走到鐵欄前，手足間卻有細細的精鋼鏈，窸窣作響。他拾起匣子，並不轉身，卻一揚手，匣子劃過一道美麗的弧線，精準地從狹窄的窗口飛入夜幕。須臾落地，空曠地一響。他注視著木頭的眼睛，眼裡是深不見底的暗色，淡淡笑道：「不為什麼，我不要她的東西。」

木頭微愣之下，看出他的幾分負氣，不由得說道：「你很喜歡她。」是陳述，不是疑問。這不可見的情緒，輕易被他捕捉，出言便直指人心，竟讓祁鳳翔一時間答不上話。他並不承認，也不否認，卻道：「男人之間不必談女人，說說你吧，現在在做什麼？」

木頭想了想，眼睛越過他的頭頂，看著灰白的厚磚牆，一隻小壁虎趴在那裡，凝固不動，「也沒做什麼，比你略好一些。」

祁鳳翔伸開雙臂，把縛在手腕上的鐐鏈給他看，怡然大方道：「我沒什麼不好。一個人無論處在何種境地，都是一種經歷，從中可以領悟種種真意。我雖經歷起伏，卻好過你大事未了，從此圍在女人的裙邊轉。」

他把手收回，打量木頭的神色，頗為感慨道：「那年在幽州戍衛營裡，我問過你，清平世界，輔國安邦，可是人生快事？你說亂世之中激流奮擊，才為快意。我曾想，有朝一日天下大亂，你或可做我的臂膀，或可做我的敵手，卻萬萬沒想到你……」

他開始說到經歷時，木頭尚露出幾分讚許之色，此時卻笑了，聲音低沉悅耳。祁鳳翔也微笑道：「你笑什麼？」

木頭微微搖頭道：「祁鳳翔，時至今日你不替自己擔憂，還在想著煽惑他人。」

祁鳳翔見他看出來，也不辯，仰頭望著牢頂道：「我有什麼可擔憂的？我父皇怕內亂，要廢我權位，偏生幾許父子親情，不忍殺我，當真迂腐。身為皇帝，連這種事情都猶豫不決，能有什麼建樹？」

他如此置評令人匪夷所思，木頭卻點頭道：「不錯。他實在該將你殺了。」

祁鳳翔悠悠道：「他要將我廢為庶人。不如今後我也遠離朝堂，和你們一起寄情山水。我們三人在一處，必定十分和睦親愛。」

木頭的唇角抽了抽，卻未動怒，道：「有的人仕途遇挫，便心灰意懶，散發弄舟；但你不是，你只會越挫越勇。」

祁鳳翔定定地看著他，默然片刻，收起戲謔的態度，道：「那你說，我現在該怎麼辦？」

木頭也肅然道：「半月之內，我把你救出，你從此不再招惹她。」

「我怎麼招惹她了？」他反問。

「那支簪子是什麼意思？」

祁鳳翔抬了抬下巴，「世上沒有人比你更明白它的意思了。我好不容易才找到，你可不要浪費了。」

木頭冷道：「倘若我不應呢？」

祁鳳翔帶著三分散漫，「別忘了四年前你是怎麼重傷到京城的。此事不了，你別想安寧，昨晚的溫柔鄉也長久不了。」

木頭的臉色愈加陰冷，「昨夜四更，簷外那兩人是你的人。」

祁鳳翔笑出幾許狎褻，「做這種事需得心無旁騖，才能細品其中滋味。你這樣豈不是大煞風景？想必她也沒什麼趣味。」

木頭終於有些惱了，咬牙道：「再來一人，我便殺一人，別怪我不給你面子！」

祁鳳翔收起笑，手指點著鐵欄，話鋒一轉，「我要出這牢門是輕而易舉。」

「那你為什麼不出呢？」

「你說呢？」

木頭直言道：「你雖可以出去，卻怕名目不立！我能讓你出來，仍然做你的銳王，掌你的兵權。」

祁鳳翔打量他兩眼，「江秋鏑，我把你送到三字谷治傷，不曾跟你講價錢，也不是讓你今日來跟我講價錢的！我已說過，女人的事沒什麼好談的，你我都不吃威逼這一套！」

他這幾句話說得十分決斷，木頭不置可否，默然片刻，卻用目光指點著視窗外，淡淡道：「外面是哪裡？」

「出門右轉下一排石梯，是一個校場。你再不快點，只怕那匣子已送到父皇的御案上了。」

木頭轉身就走。

祁鳳翔在他身後懶洋洋道：「只有一種女人我不存她念。」

木頭站住，「哪種？」

「我下屬的女人。」

木頭的瞳仁微微縮起，也淡道：「只有一種男人，我殺起來絕不留情。」

祁鳳翔已然笑道：「哪種？」

「搶我老婆的男人。」

祁鳳翔一時哈哈大笑，牢外有大內侍衛聞聲而動。他看著木頭的身影倏忽一閃，直如幻夢般消失在石壁拐角，手指叩著石壁，兀自低聲道：「你比原來更有趣，難怪能討人喜歡了。」

窗外微風不起，月涼如水。

蘇離離一覺睡到二更，在枕上細聽，萬籟無聲，木頭還沒有回來。她爬起來在院子裡站了一會兒，覺得非得找點什麼事來做才好。點了半截蠟燭，端到廚房灶臺上，將一個大番薯削皮切丁，和上稀薄的麵漿。把油燒熱，用竹漏勺舀一勺，浸入油裡炸至面色金黃，便是一塊外酥裡糯，香甜可口的苕餅。

她撈起來瀝在竹箕裡，又炸第二個，心裡有些七上八下。炸到第四個時，聽得院子裡似有木葉飄落的聲音，她放下勺子跑出去。木頭一身黑衣站在簷下，見她出來，微笑道：「在炸什麼東西？好香。」

蘇離離細細打量他兩眼，方跑上前去抱著他的腰道：「怎麼去了這麼久？沒事吧？」

「沒事，甩掉幾個追著我的人，繞了一圈耽擱了時間。」他解下背上的包袱，打開，仍是烏金匣子。

蘇離離疑惑地望著匣子，木頭撫著匣子道：「他不要。」

「為什麼？」

「他不要妳的東西。」

蘇離離有些默然，愣在原地。木頭也不再說話，只陪她站著。

這本是祁鳳翔接近她的目的，他費盡心機找到鑰匙，她費盡心機隱瞞抵賴；如今她情願雙手奉上，他卻不接受了。蘇離離豁然開朗地了悟，卻又不明所以地悵然，站了半晌，微微一嘆，正要說話，忽聞到一股焦糊的味道，跺腳道：「糟糕。」

蘇離離跑回廚房時，見那塊苕餅已炸得焦黑，急忙撈起來磕掉。木頭也慢慢跟進來，將匣子放在桌上，洗淨了手，拈了塊她剛炸好的苕餅，咬了一口道：「怎麼做的？怪好吃的。」

蘇離離兀自倚在灶爐邊，看著新放入油鍋的竹勺和餅子，緩緩道：「木頭，你能把他弄出來嗎？」

木頭靠在門邊，吃著那塊餅子，舔了舔唇，淡然道：「可以，最遲十月二十，他會出來的。」

蘇離離緩緩倚過去。木頭見她面色不豫，便笑了笑，將那半塊餅遞到她嘴邊，蘇離離張嘴咬了一口，嚼了一會兒，咽下去方道：「這是以前在梁州街頭見到的一種做法，簡單又好吃。剛才看見這裡有番薯，突然想起來，就做來試試。」

第二天，蘇離離要他把大門上的匾額摘下，卻撫著「蘇記棺材鋪」幾個大字發愁道：「這塊匾可怎麼辦才好？扔了怪捨不得的。」

木頭說：「劈了當柴燒吧。」

蘇離離怒道：「這是我鋪子的名牌！」

木頭湊近，細細看了看那字，道：「我家以前有一塊匾，是皇帝寫的。我父王在當日取下來砸了，也沒見他捨不得。」

蘇離離「哼哼」一笑，「誰家沒有皇帝的匾了？我家還有兩塊呢，我爹說那字沒他寫得好。再說了，皇帝寫的匾能有我棺材鋪的好？」

木頭看她臉色不善，唯諾道：「那肯定是比不上的。」思考再三，最終把這塊匾扛到程叔墳邊埋下。

四日後，鋪子出手了，蘇離離看著價錢合適，也不計較多少。簽房契文書的時候，心裡有些失落，像和一件極重要的東西作別。這裡曾是她的家，一年之間，她在中原轉了個大圈子，如今已把家安在他的心上。

木頭議好十月十五來收房子，找了一家較好的銀莊，存了錢，收好票據。

木頭說祁鳳翔會出來，卻也沒見他做什麼。蘇離離成日與他廝守在一起，總不覺膩煩，將這市井小院住出了幾分世外桃源的味道。院子裡的那具舊棺材經風吹日曬，也沒多大用處，被木頭拿來練雕工，盤膝坐在棺材蓋上，一筆筆刻著。

蘇離離見他默默地坐在那裡，也爬上棺材蓋，從後抱住他的腰，柔聲道：「你每次這樣刻著東西，心裡都在想事。」

木頭停下刀子，道：「是嗎？」

「嗯，我看得出來。」她把臉貼在他背上，靜默了一會兒，「木頭，你知道為什麼我在過去兩年間，不曾追問過你姓甚名誰，從哪裡來到哪裡去嗎？」

「為什麼？」

「因為無論你是誰、要做什麼，我都不介意，我會和你在一起。你說情是束縛，心甘情願。你甘願為我做的，我也甘願為你做。你想做什麼就做什麼，不要因為我而有所顧慮。」她說得懶懶散散，殊無體統。

木頭低頭坐了一陣，臉上有釋然的笑意，「當真？」

蘇離離像條懶蛇纏在他背上，「當真。只要你記得答允過我，要回冷水鎮開棺材鋪。」

木頭沉吟片刻，商量道：「我們開醫館好不好？我去跟韓先生學醫。」

蘇離離一聽他要學醫，頓時眉飛色舞，拍手笑道：「好極了。我在你的醫館旁開棺材鋪，必定生意興隆。」

木頭向來不跟她計較口舌之利，貴在身手靈活，轉過身將她捉住，吻了下去。蘇離離掙扎了兩下，再說不出笑話，細碎的親吻帶著身體扭動中的碰撞，片刻間便成一幅旖旎圖畫，將那三分纏綿悱惻愈演愈烈，大有星火燎原之勢。

蘇離離深知木頭是個想了就做，神行一致的人，急切間擰著他的臉道：「不能在這裡！」

木頭半抱半壓著她，詭辯道：「我又沒說要在這裡。」

「哼，你是沒說，可你正在做！」

木頭也不推辭，「那就做到底。」

「不行！」

「為什麼？」

她義正辭嚴地說：「這是在棺材上，這樣太沒職業道德了！」

木頭額上的青筋一跳，躍下棺材蓋，一把將她扛起來。

蘇離離垂死掙扎了兩下，已被他捉進屋裡，「砰」地踢上門。

十月十五，木頭一早起來收拾了兩人的隨身衣物，院子裡那破舊棺材，早被他劈成柴塊堆到廚房裡。太陽剛出時，買家已遣人來收房，二人交了房子，牽著兩匹馬出京城西門而去。由官道直過冀州，沿途只見驛站快馬往來，都說梁州趙寇犯邊。

兩日後行至霍州城，木頭與蘇離離正坐在一家店堂裡沽酒小酌，便見一騎快馬繫著兵部加急的大銅鈴，一路揚塵而過，行人車馬紛紛避讓。木頭看那人馬過去，抿著杯口沉吟道：「我猜十月十八，祁鳳翔必出天牢。」

蘇離離正品著一塊棗泥糕，入口微苦，回味香甜。聽他這樣說，她疑道：「因為趙無妨來犯？」

木頭點頭。

蘇離離道：「這趙無妨倒是會挑時候，反幫了忙。」

木頭微微笑，「祁鳳翔自然會知道是怎麼回事。」

「怎麼回事？」

「我們走後，莫大哥置辦軍旗兵服；若我們十月初十未回岐山，他便將人馬扮作趙無妨的兵馬夜襲祁軍大營，遊而擊之，引到安康、石泉。趙無妨兵馬既驚，自然要尋訪探究。莫大哥再去趙無妨營邊放點小火之類的，一來二去、三來四去，祁、趙兩家自然就打起來了。」

蘇離離一塊棗泥糕噎在嘴裡，「你教他的？」

木頭道：「我只是動了嘴，關鍵還得莫大哥辦得好。那日我跟他下山，將雍、梁一線走了一遍，看看何處可攻，何處可守，心裡也怕他收拾不好。如今看來，李師爺說得不錯，莫大哥果然有些將才。」

「莫大哥怎會聽你的？你們倆一向不投機。」

木頭放下杯子，緩緩斟酒，「男人義氣相交，不一定要投機。」

蘇離離半天才轉過一個彎，「那祁鳳翔也不一定能出來啊，他太子大哥也許自己領兵到邊界？」

木頭搖頭，「祁煥臣活不久了，他大哥怕自己出京，到時父親死了，祁鳳翔占住京城得了先機，寧願把他放出去。真是愚不可及，沒有兵權，據住一個朝廷半分用處也沒有。在這一點上，祁鳳翔比他大哥明白，他這次出京，必不回去。」

「那他要怎樣？」

「不怎樣，留駐山陝，等他爹死了，兄弟倆好翻臉開打。」

蘇離離嘆道：「唉，這就是書上說的『停屍不顧』了。」

木頭頷首，「也不是不顧，只是顧不上。」

蘇離離道：「他打他大哥，想必容易取勝。」

木頭看看簷外鉛灰色的雲朵，悠然道：「那倒未必。祁鳳翔不要妳的《天子策》，必然有自己的辦法出獄。他按兵不動，只是要等待一個恰當的時機。我把他弄出來，不過是先下手為強，要他被動罷了。」

蘇離離徹底糊塗了，「木頭，你能不能講得淺顯一點？」

木頭斟酌了一下詞句，解釋道：「他現下回到山陝駐地有兩個難題。一是軍資尚握在朝中，如若斷了，他難以為繼；二是兄弟一旦開打，他必須速勝，否則內訌太久，天下群豪必來瓜分祁氏，祁鳳翔地處中心，便會落在四面圍困之中。這第一點，我要他落我手下，好不來算計我們；第二點有些棘手，我現在也看不出他有什麼法子敢行險至此。」他微微蹙眉思索。

蘇離離聽了一遍，仰臉半晌，嘆道：「真是複雜。」

木頭看著她面龐細膩的肌膚，突然一笑，道：「銳王殿下得脫牢籠，心裡只怕鬱鬱不樂。」

「為什麼？」

木頭溫文爾雅，款款道：「無論他願不願意，總是我把他救出來的。他既然這般傲氣，不受妳的好，那就受我的好吧。」

蘇離離的《天子策》，祁鳳翔可以斷然地說不要；然而木頭搶在前面這樣一攪，祁鳳翔卻不能說「我不出來」，這下落人口實，必是祁鳳翔心裡一大痛，有苦說不出。

蘇離離隱隱覺得不妥，不想木頭這樣做，又有點畏懼他，「你就不怕他報復你？」

「一個人欲成大事，不可一味陰鷙，必要有容人的氣度。我是在幫他磨礪性情。」木頭一臉無害地將一箸馬鈴薯絲夾進蘇離離的飯碗裡，「別光吃糕點，吃飯。」

十月十八日的晚上，聖旨下到獄中，令祁鳳翔統兵山陝，以擋外寇。祁鳳翔聽明白後，咬牙謝恩。他回到府裡，終於氣得摔了桌上的玉鎮紙。祁泰收拾著地上的碎渣，心中詫異，不明白主子為何出了天牢，卻氣得臉上都藏不住了。

他躬身出門時，聽祁鳳翔低聲吩咐道：「傳信給雍州，計畫變了，就地待命。」第二日，祁鳳翔輕裝簡從，一日夜間到了霍州城。

其時，木頭與蘇離離已優哉游哉地行到岐山腳下。莫大親自到山間接應，一路跟木頭述說別後情形。這番鬧騰，竟未損一兵一卒，木頭禁不住誇了他幾句，加上蘇離離從旁湊趣，莫大那飄飄然的情狀，差不多要騰雲飛仙了。

回到大寨，蘇離離一路走著，卻見寨門都翻新了一遍，疑道：「怎麼？李師爺又推太乙數了？」

莫大道：「可不是嗎，他那天足足推了一夜，早上跟我們說，十二月十九甲子日前後有天劫，很凶險，叫兄弟們都要小心。我看他這一路給我出的主意都不錯，不然我可不想聽他的。兄弟，哦不，妹子，我跟妳說，說來也怪，你們那次走後，李師爺像變了個人，也不整日浸在酒罈子裡，倒正經了不少。」

蘇離離笑道：「想必是大哥的英明神武感召了他。」

當晚，木頭又與李師爺、莫大湊在一起，不知計議什麼。蘇離離睡得半酣時，恍然覺得床邊有人，驚得一下坐起來。待看清是木頭，方鬆了口氣，揉眼道：「回來了。」說著往裡讓了讓，倒下去又睡。木頭看她一副朦朧不清的樣子，嬌憨萬狀，擠上床來，合著被子，側身抱著她道：「姐姐，我明天要下山，妳和莫大哥他們一起……」

話未說完，蘇離離驟然清醒，翻身抓住他的臂膀道：「你說什麼？你不跟我一起？」

木頭輕聲解釋道：「不是不跟妳在一起，是暫時小別。」

蘇離離沉默半晌，「你不跟我一起，那我跟你一起下山。」語氣平平，不帶起伏，卻十分堅持。

木頭遲疑片刻，道：「我下山有事，妳跟著我奔波，既辛苦，也不方便。」

蘇離離有些氣惱道：「你總是有事，也不跟我說。我讓你想做什麼就做什麼，沒叫你撇下我去做。你要是再敢偷偷摸摸地走，我就把你休了！」

木頭瞧她橫眉怒目的模樣，在沉默中輕笑。蘇離離見他發笑，本是惱怒，心裡陡然一酸，聲音微變道：「你還笑我！」她一低頭，狠狠地咬到他唇上，橫征暴斂[7]。

木頭束手就擒，待她吐出一口氣時，方摸著嘴唇抗辯道：「妳輕點。」

蘇離離抵在他額上微微喘氣，「我要跟你在一起。」

「好。」木頭笑著應了，三分無奈，卻有七分遷就。

第二天清晨，木頭背著二人的行裝，蘇離離仍只背著她的流雲筒，又一次告辭出山。木頭將一封書信交給莫大道：「行事仍需小心。」

7 橫征暴斂：藉強迫的方式和人民收取重稅。

莫大接來揣在懷裡，揮手道：「知道，知道，要你囉唆。」

蘇離離蹙眉，「你們又在搞什麼？」

木頭也不答話，便牽著她的手離開。

十月二十日，祁鳳翔抵渭南，召來十方手下探報，問明趙無妨襲邊之事，當日便起五千馬步軍，直撲岐山縣。他十八日出京，二十一日便圍岐山，可謂奇兵突至，古往今來都少有如此神出鬼沒之用兵。五千步兵攻上山，但見千山鳥飛絕，萬徑人蹤滅。

祁鳳翔站在岐山大寨門前，將馬鞭折起，輕輕敲著手心。大寨中整潔不見人影，平坦的寨門前，黃土地下插著一支長箭，翎羽向外，桿上繫著一封書信。祁泰辨明無毒，解下來呈給祁鳳翔。祁鳳翔將馬鞭遞給他，自己接過信，抽出信紙展開。

一筆行楷，揮灑清雋，頗得先賢遺風，書曰：

銳王殿下均鑒：

僕以鄙陋之質，遠遁以避兄之兵鋒。山陝方寸之地，東有兄之家讎[8]，西有趙氏強寇，南有諸方流賊，卻討岐山遊勇。擊小失大，不智也，兄其熟籌。

8　家讎：家族仇恨。

向者賤內蒙兄拔擢，以司造箭，今親製箭鏃一翎以贈，聊表問候。書不盡意，願聞捷音。

江秋鏑頓首

一番言語稱兄道弟，說得極其謙遜而低調，曉之以理，動之以情。祁鳳翔看了兩遍，回視地上箭羽，銀牙咬碎，卻氣笑了。把那張紙撕成零星碎片，拋了滿天，咬牙切齒地笑道：

「不捉住你二人，我跟你姓江！」

拾參・前生烏衣巷

一眾兵馬入寨搜了一遍，沒有任何人，只有一圈豬嗷嗷覓食。手下偏將出寨回稟道：「寨子裡的賊人都跑了，要不要放火燒了這營寨？」

高手過招，輸贏自知，燒個空寨洩憤不是大將之風。祁鳳翔默然半晌，緩緩搖了搖頭，揮師下山。

回軍途中，露宿荒外，北風蕭瑟，吹得他胸懷凌亂。祁鳳翔秉燭夜讀，以千古悠思寄託這一朝寥落。帳下參將來報，叛將歐陽覃奉太子之命已兵抵太原，顯然是要將祁鳳翔拒之於外。祁鳳翔聽了也不怒，冷笑一聲。

忽有軍中探子來報，岐山上的那夥山賊又回去了，在山上張燈結綵，縱酒戲樂，好不囂張。一旁的偏將聽了，個個大怒，摩拳擦掌，告請回軍剿滅。

祁鳳翔斜身坐著，一手支頤，食指按著額角，拇指按在腮邊，安靜地聽完，沉吟半晌，卻淡淡笑道：「不怪你們，是我意氣用事了。既已失算於人，跟幾個山賊較什麼勁。」

料得他二人不在山上，心中籌謀片刻，他坐起身後，命道：「傳令東線各部收至太原以西，三秦兵馬回扼潼關。」

此時的蘇離離與木頭已入雍州腹地，住在客棧上房，裹在一條厚棉被裡，趴看窗外飄起的初冬細雪。雍州地接西域，地貌風情與中原已大相徑庭。蘇離離仰頭看著細雪漫天飛揚，笑道：「我以前看我爹的詩書，上面有一句『大雪紛飛何所似，未若柳絮因風起』。雍州的雪花這般細碎飄飛，倒勝過柳絮輕盈。」

木頭摟著她的肩頭，淡道：「嗯，古時傳說『鳳凰鳴於岐，翔於雍』，雍州以前也叫鳳翔，正是創業開基的好地方。據此用兵，必應古讖，從此名揚千古，永垂不朽。」

蘇離離聽他說得一派正經，其實是嘲諷之意，心裡擔憂道：「你說，他會不會去找莫大哥的麻煩？」

木頭將臉埋在她的脖頸中，悶聲應道：「這個時候，只怕都下岐山了。」

「啊？」蘇離離一驚，推他道，「你的意思是他會去？」

木頭抬起頭，「不去便好，去了更好。」

蘇離離看他說得篤定，料得又有應對，頗為躊躇道：「其實祁鳳翔待我還是不錯的，到底……也沒把我怎麼樣。你也不用跟他計較。」

木頭板起一張棺材臉，涼涼道：「我也沒把他怎麼樣啊，妳急什麼？」

蘇離離看他神情，比岐山的陳醋涼皮還要夠味，伸出腳丫子扒著他的腳，訕笑道：「我不急，我當然不急。我只覺得那些爭天下的人就是一堆虎狼，隨他們去吧。我們何必混在虎狼堆裡，撩鬚拔牙的，嘿嘿……」

木頭冷著臉道：「他也未必就那麼喜歡妳。妳不走，他跟妳不清不楚地混著；妳一走，他折了面子，自然氣不過……」話未說完，房簷上極輕地一響，蘇離離沒聽見，木頭內力渾厚，已然擁著她坐起，揚聲道，「徐默格，下來！」

房簷上一時無聲，頓了片刻，方有瓦片的輕微響動。蘇離離懶懶道：「我想喝水。」木頭起身倒了一杯水給她，視窗上的人影一晃，徐默格一個翻身，已輕輕巧地躍進來了。蘇離離喝了口水，抬頭看他，但見他黑衣不改，刀痕縱貫的臉上卻用黑紗蒙著，只露出兩隻眼睛，在燭火的掩映下像貓一般警惕。

蘇離離噙著一口水險些噴出來，嗆得有些咳嗽卻失笑道：「八……徐大哥，你上次要除疤，這次又用紗擋住尊容，莫不是找著小情人了，突然這般端莊。」

徐默格眼神一抖，有些尷尬，蘇離離裹著被子嘻笑。木頭一回身坐在床沿，身正肩直，態度大方卻隱含危險，「我記得有跟你主子說過，再有人跟著我們，見一個殺一個。」

徐默格悶聲道：「是，你光聽呼吸之氣就辨出是我，我怎敢跟近。只奉命遠遠尾隨，看你們到了哪裡罷了。」

木頭道：「那怎麼遠到屋頂上了？」

徐默格低聲道：「我剛才發現店外十丈都伏了人。」

「多少？」

「近百。」

木頭略一沉吟，一把拉起蘇離離，伸手取了包裹，道：「馬上走。」蘇離離急急套上鞋，披了從莫大那裡搜刮來的一領狐裘，跟著他疾步下樓。走到樓梯上時，木頭已然聽見外面的腳步聲紛雜細微，他當機立斷道：「到樓梯下面去。」

樓梯之下那傾斜狹窄的空間裡，堆了桌凳箱籠之類的雜物，木頭拉開一道空隙，三人縮身藏入，便聽見大門外一人沉聲道：「上。」

門「砰」的一聲打開，身穿青色軍服的人搶入客棧，擁上二樓。當先一個頭領模樣的人，生著一張尖尖的瓜子臉，還是十足的葵瓜子，站在大堂中心，遊目四顧道：「不要放過任何一個！」軍士紛紛拔刀，二樓上響起了兵器相擊、打鬥吆喝之聲。

只聽一人大笑道：「老子隨便來逛逛，沒想到還讓狗崽子發現了。」隨他話音一落，兩名軍士摔下來，各中刀傷。

尖臉頭領的目光一凜，喝道：「趙不折，雍州是羅將軍的屬地，你梁州小賊，怎敢來此招搖！」

樓梯下的三人只覺頭頂上重重一落腳，抖下些細灰，顯是有人從二樓躍到樓梯上，又從樓梯躍到大堂裡。方臉闊額，正是趙不折，他拿著兩柄雙刀，四縱開合，進退有據，一邊打架，一邊鬥嘴，「好不要臉，你家羅將軍取雍州不到一年，還有三分之一在祁鳳翔手裡，也敢說雍州姓羅！」

尖臉頭領冷笑道：「祁鳳翔捉襟見肘，已退回潼關了，這三分之一自然姓羅，還輪不到你們姓趙的來搶！」他拔刀迎上，趙不折一面擋住他，一面又料理了三人，嘴上仍不閒著：「我呸！誰家的地不是搶來的，烏鴉笑煤灰，自己不知自己黑。」

他躍下樓梯時，另有五人隨他躍下，個個都是好手，困鬥良久，已所剩無幾，青衣軍士也死傷過半。趙不折雖勇，雙拳也難敵四手，眼見越來越多人圍到身邊，肩腿相繼中刀，雖勉力支持，卻難以招架。那尖臉頭領覷空，以刀柄擊向他頸後大椎穴，趙不折的膝蓋一屈倒地，立時被四人按住，用粗繩索牢牢縛住。

尖臉頭領惡鬥之下，喘息道：「到底……拿住你了。」方才眾人打鬥，聲音雜亂，如今驟然安靜下來，便見那尖臉頭領凝神聽了一聽，斷然喝道：「什麼人，出來！」

木頭內息自斂，徐默格運力屏氣，只有蘇離離不懂內功，讓那頭領聽出來。她一驚欲動，木頭先一步按住她的手，未及因應，徐默格忽然起身，竄到大堂，頓時，數十把刀向他身上招呼。

他身形飄忽一動，竟繞過眾人直奔店外。尖臉頭領當先出門道：「快追！」身後的軍士魚貫而出，最末兩人押著趙不折跟上，剎那間走得乾乾淨淨。地上屍首橫陳，非常靜謐。蘇離離有些害怕，偎向木頭身邊，低聲道：「徐默格跑得掉嗎？」

木頭想了想，「跑不掉，對方人太多。」他拉開雜物，將蘇離離牽出來。

蘇離離深吸一口氣，低聲說：「那我們跟去看看。」木頭將包袱甩到胸前，俯身道：

「妳趴在我背上。」蘇離離依言趴上他的脊背，木頭提一口氣，踏出門隱入夜色。

四面的景物向後飛掠，碎雪卻飄小了。蘇離離伏在他耳邊，聽他呼吸綿長規律，心裡忽然有些羨慕這樣的身負絕技。少時，上了一處官道，兩旁有樹，隱約看見那隊軍士在前，果然趙不折身後又捆了一人，正是徐默格。

木頭放慢腳步，隔著四五丈遠遠隨著。蘇離離在他耳邊輕聲問：「我們要救他嗎？」她聲音低迴，氣息輕拂在耳朵上，木頭心猿意馬，卻也低聲道：「先不忙。」正了正神，已來到一處露營的闊地，紮著七八處大帳篷，正傍著一湖水。

其時細雪已停，空氣清寒。雲遮月藏，略有微光，映得波紋起伏，珠沉淵而水媚。

木頭放下蘇離離，牽起她的手，兩人緩緩弓身走到近處，伏在過膝的衰草間。從草葉的縫隙中看去，地上燃著篝火，一人背對他們而立。趙不折與徐默格被像粽子一般地扔在那人面前，徐默格沉聲不語，趙不折大罵狗賊。

尖臉頭領向站著的那人躬身道：「將軍，趙不折被捉住了。」

那人點點頭，「嗯，搜他身。」蘇離離聽他說話，語氣雖隨意，卻令她覺得莫名嚴肅。

尖臉頭領帶了人按著趙不折搜身，趙不折奮力掙扎，敵不過幾人合力。他隨身的暗器、文書、金銀陸續被掏出來。

尖臉頭領拔下他的靴子一抖，某種細長的東西從靴筒中掉出。他拾起來，畢恭畢敬遞交給站著的那人，那人向火光看去，卻是一支簪子，簪身有些微的透亮流紋，簪頭卻是兩粒晶瑩的明珠。

蘇離離一眼望去，下意識伸手去摸隨身背著的小布包，裡面裝著碎銀子與手帕……還有一支簪子。祁鳳翔送來的那支還在，可那人手上拿著一支一模一樣的，又是什麼東西？

那人拿起簪子，道：「將他鬆綁。」軍士應聲，割斷縛著趙不折的繩索，趙不折忽地站起。那人慢條斯理道：「趙將軍，適才多有得罪。你既到我雍州來，我有一言相勸。」

「如今祁家勢大，旁人打不過他，他們自家要打了。你我都是偏鄉僻壤的蝸居之人，這時候何必互相過不去呢？我們兩家正該結盟，同討祁氏。滅了祁氏，劃地平分，屆時再打也不遲啊。」

趙不折本自正衣理物，聽了這話，笑了一聲，「哈，羅將軍，那你抓老子來做什麼？」

那位羅將軍道：「正是想請趙將軍對尊兄說一說兄弟的意思，除此之外，趙兄再勿無故入我雍州了。若是聽明白，便請回吧。」

趙不折沉吟片刻，道：「同討祁氏本是好事，在下一定轉告兄長。」他看了羅將軍一眼，「只是這支簪子能否還給兄弟？」

羅將軍道：「趙將軍怎對一支簪子念念不忘？」

趙不折嗤笑道：「說不得，老婆的簪子，放在身邊做個念想。回去若不見了，只怕老婆怪罪。」

羅將軍乾笑兩聲道：「趙兄如此英勇，卻忒怕老婆。」

趙不折接道：「對敵人要英勇，對老婆要遷順。」

蘇離離聽得這句，不自覺轉頭去看木頭，正對上木頭轉過來看她的目光，神色揶揄，似乎在說：我也怕老婆。蘇離離做了個「呸」的口型，扭頭看向趙、羅二人，臉上染了薄薄的緋色。

羅將軍反背了手，緩緩上前兩步，道：「趙兄可知道，我朝自太祖始，便有一種天子親兵，叫作「烏衣」。人數少而精，又極為隱蔽，父母兄弟都不能知情，朝廷高官都不予聽命，專職探查情報，外至夷狄，內至三公，概莫能外，只聽天子令。」

趙不折搖頭道：「我兄弟世代務農，又怎會聽說這種祕事？」

「按照我朝中規矩，各州庫府之銀、糧，每年各積一半以為儲備。這積銀積糧之地，旁人不知，只有為天子親兵的烏衣人知道。各州府的儲糧之地都用暗語畫在圖上，而這暗語只有烏衣人的大統領知道。烏衣的規矩，能讀之人無圖，有圖之人不會讀。」

趙不折愈加不耐煩，「那關我什麼事？」

羅將軍笑道：「趙兄當真不知道？如今天下紛爭不休，農商皆傷。長此以往，軍資軍糧從何而來？天下群雄誰若得到這批儲備，誰就有大把的銀糧，未戰而先勝一半。」

趙不折疑惑道：「這個容易明白，可不容易找啊。」

羅將軍冷笑道：「趙兄演起戲來還真不賴。」他伸出右手，舉著簪子道，「這支玳瑁簪便是換圖的信物，本為一對，拆而成單。一對可取，單支可看。本是藏在宮中，京城破時，流落民間。」

趙不折愣了半晌，忽然哈哈大笑道：「羅兄真會編故事，我老婆天天戴著這簪子。你若說它是信物，除了烏衣人，誰知道去哪裡換圖？就算換到圖，除了烏衣人的大統領，誰知道圖上畫的是什麼？羅兄若喜歡，我送給羅兄，但願你先找到你雍州的錢糧吧，哈哈哈。」他也不再看羅將軍，徑直從來路大笑而去。

羅將軍隨他遠去而慢慢側轉身。他方才一直背對著蘇離離，這會兒轉過半身，卻見這羅將軍並不老，留著淺淺的鬍渣，平添幾分滄桑。蘇離離似在哪裡見過這人，又似從未見過，耳聽木頭突然極低地「咦」了一聲。

她轉頭看時，木頭盯著那位羅將軍，臉上漸漸浮起一抹微笑。難道他認得？蘇離離又轉頭看去，細辨那人眉宇，驟然觸通了記憶，她大吃一驚。怎麼會是他！

羅將軍見趙不折的身影沒入黑夜，低頭看了看手上的簪子，對部下命道：「拔寨，連夜回雍州大營。」

軍士聞聲而動，紛紛收拾行裝，一炷香的工夫已集合在闊地上。羅將軍騎了馬，朝北而去，數百名步兵跟隨在後。待最後一隊人馬去遠，蘇離離方大大呼出一口氣，彷彿累得很，低垂著頭。

她脖子上的皮膚露出，弧線優美，木頭拉了拉狐裘把她遮住。蘇離離也不動，低聲道：「祁鳳翔想要銀、糧，所以把簪子交給我，是要你去找。」

木頭「嗯」了一聲。

蘇離離猝然抬頭，肅容道：「要怎麼找？」

「要先找到圖。」

蘇離離道：「然後呢？去找那個大統領？」

「大統領已經死了。」他答得平靜。

蘇離離一愣，看了他片刻，忽然有些害怕，翻身坐起道：「那還有誰知道？」

木頭也隨她坐起，夜色雖暗，卻見他眼睛如常明亮清澈；空氣雖寒，卻彷彿能觸到他肌膚的溫熱。他看著她的眉眼，緩緩道：「知道的那人，當初妳不救他，他便也死了。」

「你？」蘇離離望著他熟悉至極的臉，失神一般愣怔。

「我。」木頭見她神色，心裡似被她擦棺材板的砂紙打磨著，放柔聲音，「姐姐，妳能看出祁鳳翔傳的流言，就沒想過，臨江王謀反族滅，我身為其子，為何獨獨逃脫了？」

蘇離離轉頭看著身邊的草色，緩緩搖頭，「我不曾……懷疑你的事，覺得你始終都是你罷了。」她最後的幾個字如同嘆息，細若蚊蚋，說完，卻將臉埋到掌心裡。

蘇離離乍聞此事，心裡突然迷茫，木頭的手裡握著這樣的祕密，此生如何能得安寧？木頭看破她的心思，挪近她身邊，輕聲道：「我是什麼人，知道什麼事，都無關緊要，在妳面前始終是木頭罷了，妳原本想得不錯。」

蘇離離像原本溺在水中，被他打撈上岸，有些虛弱的猶疑，更多的是信任的釋然，「你怎麼會知道？」

「烏衣的大統領就是我父王。」

「那我們該怎麼辦？」

木頭失笑道：「妳傻了呀？什麼怎麼辦，現在在一起，以後還在一起。無論我是誰，那都是從前的事。妳陪我把這件事辦完，我陪妳做棺材。」

蘇離離凝神半晌，終於理清一些凌亂的思緒，抬頭看著他道：「為什麼叫烏衣？黑衣服？是夜裡做過賊，還是山西挖過煤……」

木頭愛憐橫溢的表情頓了一頓，唇角抽搐道：「都不是，那只是個稱謂。」

「你爹怎會是烏衣的大統領？」

他像說一件極其久遠，又不關自身的事一般娓娓道來：「我父王出身少林，後來隨征入仕，論功封為異姓王。我從小被送到少林學武，方丈大師親自教我，卻不肯收我為俗家弟子，只說是教一點基本的拳腳。我十二歲才回家，父子之情血濃於水，但親近有限，我也不太清楚他的事。」

「那昏君即位之後，聽信鮑輝的讒言，猜忌父王，想將他騙到京城殺死。我父王得到消息，抗旨未去。昏君便說他謀反，父王一時激憤，與朝廷打起來。」木頭裹一裹蘇離離的衣服，捂著她的手，「那時皇帝尚存，各路諸侯都打著誅逆[9]的旗號圍攻我們。父王寡不敵眾，兵敗已定。他武藝高強，自己本來可活，卻覺得無顏再面世人，終是在陣前自盡而死。」

「臨死之際，我才知道他是烏衣的大統領。他告訴我烏衣這一批軍資的事，讓我記住，今後以圖再起，誅君討逆，複他名譽。」木頭的眼神激越，像看見群山暮色般蒼莽。

蘇離離靜靜地等了片刻，見他不說話，遲疑道：「那你要去……去拉起旗號，爭雄天下？」

木頭的目光凝聚在她臉上，有些穿透世事的深邃，總是極不相稱地出現在他年輕的眼裡，卻從來清濯湛然，不見頹喪，「佛經上說，父母子女是前世冤孽，今生又何必牽扯不清？我殺那昏君，足報父母之仇。至於我要做什麼，就連我父親也不能駕馭。」

蘇離離止不住要問：「那你要做什麼？」

9 誅逆：討伐叛徒。

木頭似思索了片刻，唇角微微上翹，道：「天地廣闊，我什麼都能做，只不想做皇帝。」

蘇離離也淺淺笑道：「算你聰明，皇帝可不是人做的，好與壞都累得慌。」

木頭道：「這正是我不堪其憂，祁鳳翔不改其樂。」

蘇離離被他一提，問道：「祁鳳翔怎麼知道你能找到那批軍資？」

木頭蹙眉道：「他交遊甚廣，消息來源也多。烏衣本已支離破碎，難保沒有什麼關鍵人物落在他手裡。前年他在京城遇見我，我們在棲雲寺密談時，他問過我軍資的事。我想那批錢糧，分儲各州，藏而不露總不是了結，祁鳳翔素有壯志，給他也不為過……」

蘇離離擠一擠眉，怪道：「所以你就答應了？」

木頭一臉無辜，「我沒答應啊，我覺得他並無把握，只是詐我一詐，當時就否認了。但他覺得我父王用盡方法留我在世，必然有所圖，咬定我知道。要說猜度人心，祁鳳翔真是世間翹楚，只是當真把別人的心看透後，自己的心也麻木了。」

蘇離離從皮裘中伸出手臂，抱住他的腰，問：「你父王用什麼方法讓你活命？當初又是怎到我門口的？」

「我父王跟我說了軍資之事，便設計讓我祕密逃脫，隱姓埋名，輾轉州郡，被烏衣衛和官兵當作叛軍殘餘追殺。我想最危險的地方，就是最安全的地方，便從臨州回到京城。當時受了重傷，生死之念，早已拋開。怎麼落在妳門前的，我也不知道。」他唇角掛著淡淡的笑。

她看著他明亮澄澈的雙眼，片刻恍惚，彷彿那年救他時，那種虛弱而又不容靠近的倔強，已經心軟，「那你也不該一直騙我啊？」

「我沒有騙過妳啊。」木頭無奈道，「我只是不能告訴妳罷了。當時在妳家裡，若是被人發現，我死不足惜，而妳也活不成。就沒見過妳這樣的，不管什麼人就亂救，要不看妳是真傻，我還以為妳別有用心呢。」

蘇離離奇道：「什麼？我傻！我難道還救錯了呀？」

木頭抓著她的手按在自己頰上，「沒救錯，不然我死了，妳這輩子怎麼嫁得掉？」

「哈！」蘇離離短促一笑，憤然抽手。

木頭笑道：「我一聽妳叫我木頭，就知道妳居心不良。一個做棺材的，這輩子除了和木頭在一起，還能找上什麼？」

蘇離離使力將他一推，沒推動，嗔道：「你跟誰學得這麼貧嘴的？」

即使冷靜穩重之人，情愛中也不乏風趣靈犀。木頭無師自通，坦然招供道：「跟妳學的。」

蘇離離被他貧笑了，伸手批上他微涼的面頰，卻捨不得下重手，捧著他的臉道：「明明是個臭雞蛋，偏要開個縫，現在讓祁鳳翔那綠頭蒼蠅盯上了，怎麼辦？」

木頭也不顧自己是臭雞蛋，但聽她說祁鳳翔是綠頭蒼蠅就十分高興，欣然道：「要拿住綠頭蒼蠅容易得很。比如，我們去告訴趙不折，那位羅將軍是誰，那蒼蠅就是裝成鳳凰，也飛不出山陝重圍。」

蘇離離被他一提，興致驟起，「羅將軍是不是那個滿臉寫著別人欠他錢的李鏗，徐默格上次說他隨征死了，其實是被祁鳳翔埋伏在雍州！」

木頭讚許地點頭道：「聰明，就是他。我沒想到祁鳳翔來這一手，即使莫大哥不引趙無妨進攻祁軍，這位羅將軍也會攻打祁軍的。祁鳳翔總能出天牢，只看時機罷了，誰也想不到他有這支生力軍埋伏在雍州。」

蘇離離伸手鑽進木頭的前襟裡，只把他當暖爐暖手，半倚在他身上道：「你上次說他有兩個難題，一個是缺軍資，一個是需速勝。後者的問題解決了，前者的問題要靠你？」

木頭撫摸著她的眉梢，「既然世上只有我能找著，無論給不給他，拿在我手裡總不至於被動。」

「你為什麼要幫他找錢找糧？」

「倘若他隨便把我的身分露一露，我就再也別想安寧。正是他有求於我，我也不能不應。」木頭站起身來，順手將她抱起，「我跟祁鳳翔是信義相交，這麼多年來誰也沒對誰不仁不義。大家守著這個底線，不願先撕破臉。只因我們都清楚，我不會與他相爭，他也奈何不了我，彼此為敵，非為上策。」

蘇離離猶自抱著他道：「那現在該怎麼辦？」

「李鏗自然不會為難徐默格，就在這裡等徐默格把簪子送給我。」

蘇離離仍然抱著不動，「那筆錢……很多？」

「是。」

「多少？」

「不下億萬。」他靜觀她錯愕的神色，溫和地煽風道，「妳想要嗎？」

蘇離離緩緩搖頭，「不想。我貪小財，不貪大財。我只要自己的鋪子和你。」

木頭定定看了她片刻，笑了，「原來妳才是最貪心的那個。」

他說完，俯下身吻她。二人緊密相擁，在初冬的寒夜裡纏綿難抑。壁立千仞，無欲則剛。世人能看淡錢權二字者，寥寥無幾。這個人還能為你所愛，且愛著你，那是何種幸運，江秋鏑怎能不珍惜？

彷彿有整個夜晚可以用來親吻，從容不迫，又柔緩旖旎，放下一切心結。江秋鏑回首看去，無論是權貴的家世，還是祕密的身分，榮耀與才幹帶來的悅懌都像迷離浮幻的前生。他向未知的方向沉墜，直落向她，他倏然明白，這是他前世的淵藪[10]。

10　淵藪：比喻人或事物聚集的地方。

蘇離離扶著他的臂膀，時而極近地看著他的眼睛，又再闔上眼，沉溺地親近。他的眼睛清明澄淨，從來不是捉摸不透的危險謎題。即使他是江洋大盜，即使他十惡不赦，天下人人欲除之而後快，於她而言，他也只是木頭。生命之中默然陪伴，虛空般博大充盈，舉重若輕。從不去懷疑，不該懷疑，沒有左試右探與如履薄冰，因為此時此刻，他們就在這裡。

祁鳳翔默默地看了良久，終是冷笑一聲。

木頭驚覺後抬頭，便見九丈遠的官道上，靜立一人。白衣映著薄雪，透著冷清的幽光，狹長的眼睛微微瞇起，神情似笑非笑。木頭心下頓時明白，祁鳳翔必是已祕行至雍州，正跟李鏗在一處。他伸手攬過蘇離離，神色間隱有巋然的堅定與執著。

蘇離離離京一年，驟然見到祁鳳翔，一驚，下意識把木頭抱得更緊，顯出幾分小鳥依人般的畏縮。狐皮毛色柔軟，圍在她頸邊，平添嫵媚，越見清妍，眉宇間多出幾許韻味，絲毫不像當初女扮男裝的市井俚俗。

風從北而來，吹起祁鳳翔束起的頭髮，拂在臉上是輕柔的癢，心卻如失了般空蕩，讓他措手不及。他為什麼要親自走來，只因心裡隱約想要見她一面，現下卻把握不住這相見的意義。一年半前，他回京，十方告訴他那番順風逆風的話時，他也忍不住想去見她，一見便將所有拒絕的努力瓦解。

那時她看見他站在屋簷下，說不出任何一句話。他當時無恥地笑她，但現在卻笑不出來。三人默立許久，祁鳳翔忽一揚手道：「拿去。」木頭伸手接住，正是那支簪子，震得他掌心微微發麻。想必祁鳳翔面上強自鎮定，心裡卻難抑起伏，內力的激蕩也隨那簪子擲來。木頭微微一愣。

祁鳳翔退了兩步，什麼也沒說，轉身便走，不再看二人一眼。一點白衣消失在夜色深處，越走越急，漸漸運起內力奔跑。思緒如視物，浮光掠影般劃過，眼見李鏗的大營燈火閃耀，他陡然停住腳步。初冬的薄寒，透入心底一片冰涼，他忽然覺得灰心。縱使千辛萬苦地來這天下，也未必能得到一人的傾心愛慕，可以在那州郡大道之上，旁若無人地纏綿。

他撫著左手虎口上的一點刺痕，那是他在渭水舟中的剜心[11]之舉，以為可以將她拒之心外，不給感情任何機會。她如此孤弱無助的處境，竟抛下自己僅有的鋪子營生遠走江湖。她在枕上留了一張紙，寫著「我走了」。

那一刻，他握著字條心裡後悔，他想將她捉住，想問她我不再隱藏，那麼妳能不能不怕燒手？

祁鳳翔站在營外，一時間雜念叢生。一進一退，一走一留之間，世事便紛繁錯落。他曾以為可以把握她的一切，卻驀然發現他掌控不了。唯其不可得，失之更覺寥落。這甚至與蘇

11 剜心：心痛。

離離無關，而是另一種困惑，令他找不到答案。

李鏗遠遠地觀望，已看見他站在營邊，默然佇立。他撇開眾人趕到祁鳳翔身邊，叫道：「銳王。」

「嗯？」祁鳳翔似從夢中醒來，「什麼事？」

「太原那邊剛剛傳來急報，皇上病危，旦夕不保，已經傳位給太子了。太子著人擬詔，要飭你叛國，看樣子就要打了。」

聽得這幾句話，他身處之境地愈加不利，祁鳳翔的心裡反漸漸清晰起來，不似方才彷徨。父親待他之薄，長兄視他如讎[12]，原來都算不得什麼，他引兵在外本是要孤注一擲。祁鳳翔看向李鏗，李鏗的眼裡有擔憂與堅定，是為他盡心竭力的人。

世間有情皆孽，無人不苦。蘇離離無非彼岸的芳香，卻不是他採擷的時候，他自有驕傲，何需人償？江秋鏑說得不錯，祁鳳翔於逆境之中絕不會生退卻之心。他轉顧滿營燈火，心中倏然生出一股豪氣，縱使天下千萬人負他，他又何足懼！

祁鳳翔淡淡一笑，簡潔道：「打就打吧。這邊就依我們議定之計而行，我連夜回潼關。」

12 讎：仇人。

雍州大道上，蘇離離與木頭兀自默立。蘇離離將頭抵在他的肩窩，輕聲道：「我還以為他要動手。」木頭握著那支簪子，卻不答話。蘇離離仰頭看他，見他看著遠處，神色平和，戳他的肩膀道：「怎麼？喝醋了？」

木頭俯首，搖頭道：「那是玩笑罷了，我有什麼可吃醋的？只是看他方才的情狀，實是對妳用了心，看見我們在這裡，卻能從容地抽身而去。從前佩服他一半，如今倒要佩服他七分了。」說是七分，到底沒滿十分。

蘇離離「呀」的一聲，驚道：「他會不會讓李鏗的軍馬來捉我們？」

木頭頓了一下，慢慢笑了，有些滿意、有些同情，「妳實在不了解祁鳳翔，他不是那樣的人。」

蘇離離一愣，勉強笑道：「那我們現在要去哪裡？」

木頭放眼一看，「換家客棧睡覺。」

蘇離離點頭，拖起他的手道：「走吧。詩雲『執子之手，將子拐走』。」

木頭忍不住輕聲辯道：「是偕老。」

蘇離離笑，「忘記後半句了，意思差不多。」

兩人攜手，踩在薄雪上，不斷發出脆響，在靜夜間分外清晰。像天地之間只剩他二人，交相踩著彼此的足音，緩緩去遠。

天水市集頗為熱鬧，街角一家古樸的小書屋整潔乾淨，青竹竿挑著細枝垂簾，入畫的意境。一大清早，書屋主人的小女兒正用雞毛撣子掃著書架，便見兩人遠遠朝這邊走來。一樣的青布衣衫，卻讓那高一些的男子穿得有模有樣，劍眉星目，似乎帶著一點淡漠，目光所注又隱有溫柔。

他身邊一人，比他矮了大半個頭，衣裳穿得厚，袍袖寬鬆卻不顯臃腫，眼波流轉，便見伶俐動人。這人長髮隨便一束，簡潔卻飄逸，肩上背著奇怪的大竹筒。走到近前，但見膚色細膩白皙，方看出是個女人。

木頭衣裾一振，邁進門檻。小姑娘迎上前問道：「二位客官要買書嗎？」

木頭看了她一眼，隨隨便便道：「敢問姑娘，周老闆可在店裡？」

他的態度正經平常，那姑娘看著他的面龐，卻微微紅了臉，略垂下頭道：「爹爹在後面的廂房裡，公子若是有事，我去請他出來。」

木頭客氣道：「有勞姑娘了。」店老闆的女兒急急瞟了他一眼，卻見他身邊那人烏黑的眼珠如琉璃般清透，覷在自己臉上，似乎覺得自己的表情十分有趣。她忙轉身，揭開布簾到裡面去了。蘇離離看著她進去，咬著唇笑得詭異，回身揀起一本架上的書翻看。

木頭轉過頭來看她手裡的書，卻是本《詩經》，禁不住道：「妳要補習『執子之手，將子拐走』？」

蘇離離以拇指按著書頁邊沿，將書翻得嘩嘩作響，微蹙眉道：「我看過不少我爹的書，作不了詩詞卻也讀得來。唯獨《詩經》，我怎樣也讀不進去，可能沒對上我腦裡那根弦吧。」

她手指一鬆，正巧停在《豳風》裡，入眼是一首《七月》，曰：「春日遲遲，采蘩祁祁。」蘇離離愣了一陣，想起那年在言歡的繡房，祁鳳翔說：「我姓祁，就是『采蘩祁祁』的祁，蘇姑娘記著吧。」她輕輕闔上書，笑了一下，那周老闆已掀開簾子踱出門來。

周老闆笑向木頭拱手道：「是這位小兄弟找我？」有幾分書生氣，卻帶著屢試不第的落拓。

木頭點頭道：「正是，我想買本《楞嚴經》，不知有沒有鳩摩羅什的譯本？」

周老闆散淡的神色驟然一肅，緩緩道：「沒有，只有玄奘的譯本。」

木頭道：「原來如此。但願末法之中，諸修行者，令識虛妄，不戀三界。」

周老闆應聲道：「這本經書功德無量。如是持佛戒，身語意三業清淨，資糧俱足。」

木頭點頭道：「這書我買了。」

周老闆看看街邊，轉顧女兒道：「小梨，看著店裡。公子這邊請。」說著，把木頭和蘇離離往裡讓。木頭伸直手掌，稍往後遞去，蘇離離已握上他的手，極其默契又彷彿極其自然，二人跟著那周老闆走進裡間。

轉過一個陰暗的門廊，又打起一道竹簾，屋裡燒著素炭，比外面暖和許多。炭盆之側是一張紫檀盤螭雕花案几，案上放了些棗果。周老闆甫一進門，便躬身一拜道：「在下二等密衛，恭候上差多時。」

木頭徐徐轉身，看了他片刻，對蘇離離道：「妳的簪子呢？」蘇離離從貼身口袋裡摸出來給他，木頭執著那簪子對周老闆道，「我要看圖。」

周老闆接過簪子，細細看了片刻，小心翼翼道：「這確是一對玳瑁簪中的左支，照理應該給公子看。但圖紙現下不在此處。」

木頭抱著手肘沉吟半晌，莞爾一笑道：「那在哪裡？」

不知是屋裡太熱還是衣服穿得太多，周老闆額上冒起一層細汗，道：「從此出門，沿大道南行二十里，有一條河，溯上游而去再行十里，有座農舍，住了個姓焦的農夫。卑職去年春，便奉上令，將圖轉給他了。」

他說著捧上簪子，木頭接下後仍交給蘇離離，看她收進包裡，漫不經心道：「南行二十里已入梁州了呀。」

周老闆點頭道：「正是。」

木頭也不看他，只對蘇離離道：「既如此，我們且過去那邊吧。」

蘇離離順了順流雲筒，挽起他的手要走，周老闆遲疑道：「敢問公子尊姓？」

木頭站住腳，在他臉上來回掃視，淡淡道：「不該你問的，你何必問？」

「是，是。」周老闆唯諾道。

待他二人相偕出門，周老闆方鬆了一口氣。女兒倚在木門邊問：「爹，他們是誰啊？」

周老闆卻默默地看著門外長街，愣了好半天，才搖頭道：「小梨，關門收東西。跟爹出去避避吧。」

蘇離離走到街上，左顧右盼道：「他嚇得滿頭滿臉都冒著冷汗呢。」

木頭道：「這人當著我的面撒謊。要是換成別人，他今天是過不去了！」

「你昨天說，若他拿不出圖來就是給了人。他若讓你去雍州，圖就在祁鳳翔手裡；若是支你去梁州，就是在趙無妨手裡。現在看來，那圖果真落在趙無妨手裡？」

木頭沉吟道：「那天，趙不折肯輕易放下簪子，我就疑心他們已拿到了圖。所以方才沒有拿出那一支。那老闆讓我們去的地方，肯定是不能去的，只能再想辦法。」

蘇離離拉著他的袖子輕輕搖晃，「我記得你從前說過，誰傷你一刀一劍，你就要誰的命。可我不想看你作惡，那個老闆有女兒，有鋪子，也是誠心過日子的人。」

木頭停下腳步，仍舊將她的手捏到掌心，道：「那周老闆因為手中有圖，也不得安寧，何必與他為難？讓他和女兒走吧。」

蘇離離慢慢笑了，「若你還是臨江王世子，他對你說謊，你會怎樣對付他？」

木頭搖頭，「我已不是臨江王世子。我只想與妳好好過，就像他想和女兒過平常日子。己所不欲，勿施於人。」

於薄薄的陽光下，蘇離離看他微微翹起的唇角，心滿意足並言簡意賅道：「我喜歡這樣的你。」

木頭的眼睛驟然睜大，瞪了她一眼，轉看街上人來人往，臉色嚴肅得一本正經。蘇離離此言發自本心，沒顧慮到環境，見他這副模樣，調戲之心大起，正欲再說，後面忽然有人叫道：「公子慢走。」

周老闆急速地趕上來，如魅影般轉到二人面前站定，發若疾風，收如靜木，一看便是上乘的輕功。木頭微微側身將蘇離離攬在肩後，臉色平淡道：「閣下還有指教？」

周老闆疾奔而來，倏而站定，臉不紅氣不喘，抱拳道：「公子不可去找那姓焦的農夫，那是處陷阱。在下為救女兒，圖已給人了。那人住在下游十里的一間木屋，屋側有一棵大棗樹的便是。」

木頭定定聽完，回禮道：「多謝相告。」

周老闆也不多說，但道：「公子高義，萬事小心。」逕自越過他二人往來的路上遠去，步履雖急，卻走得踏實。

木頭和蘇離離回頭看去，蘇離離道：「他騙了你又來告訴你，你知道為什麼嗎？」

木頭側目看她，「為什麼？」

「我爹常說，大勝在德。正因為你沒有為難他，他才肯告訴你。」

木頭笑道：「可惜大德之人大多窮困潦倒，妳跟了我，只怕會窮得要命。」

蘇離離用手指在自己的鼻尖晃腦道：「上蒼可憐你有大德，特地命我這樣的真小人來扶持你。」

木頭一笑，將她拖走。

拾肆・河畔木葉聲

約行半日，已到日昳時分，遠遠看見河曲之畔有間木屋，門前草色衰黃，簷上茅草參差斜矗，位在一棵大棗樹旁。木頭凝神細聽，周遭毫無動靜，他四面看看，見一叢矮灌木生在不遠的土坡之上，在落葉的掩映下極不起眼。

木頭對蘇離離道：「我去那邊的木屋看看，妳躲到那樹叢裡不要出聲，調勻氣息，就不易被人發現，一會兒再叫妳出來。」

蘇離離點頭道：「你可要小心。」

木頭應了，看她在灌木叢中藏好，走出幾步又細看了看，方放心往木屋去。他運起內力，提氣躍上屋頂，輕若微塵著物，已聽見屋裡有人，且只有一人。

木頭拂開屋頂細茅，從梁柱間望去，屋裡卻與屋外大相徑庭。銀紅紗帳，橘黃錦衾，宛如深閨秀戶。一面大鏡立在妝臺上，鑲銅花邊，流光溢彩。一個女子長髮散綰，淡紅衣衫，坐在鏡前。鏡子裡透出她清冷的面容，賽雪欺霜般白皙，不知在想什麼。

木頭靜靜地看了一會兒，認出這女子不是別人，正是當初蘇離離讓他去明月樓相救的言歡。他心中詫異，思忖半晌，已略有眉目，幾步輕躍，下得房來推門而入。言歡本自出神，聽見門響，轉身看時，見是個陌生男子。

她陡然站起身，一驚之下細細打量，遲疑道：「你……是你？」

木頭負手站在門邊，應道：「是我。」

「你在這裡做什麼？」

「那妳又在這裡做什麼？」

言歡一手捏著垂墜的腰帶，低頭想了一會兒，「你不必知道我在做什麼，快走吧。一會兒他回來，大家都麻煩。」

木頭微微仰頭道：「他是趙不折，還是趙無妨？祁鳳翔讓妳盜圖，還是臥底？」

言歡大驚道：「你……你怎麼知道？這又關你什麼事？」

「離離跟我說過在棲雲寺遇見妳的事。妳當初把她的身世告訴祁鳳翔，又怕祁鳳翔殺妳滅口，便陳以利害，讓他買下明月樓，而妳做了老闆娘，為他刺探情報，成了十方的屬下，我說得可對？」

言歡定下神來，默然片刻方緩緩點頭道：「不錯。我去年奉令入梁，是為接近趙無妨。但趙無妨謹慎多疑，自律極嚴，沒能成功，反被……被趙不折看中了。他大軍駐在不遠處，我隨他在這裡罷了。」她抬頭時，神色不似當初放縱沉淪，收斂了不少，隱藏著懇切道，「你在此無益，帶著離離遠走高飛吧。我只有這句話，別的也無須多問了。」

木頭聽她語出蹊蹺，心念一動，隱覺前後來路各有人過來，兩急一緩，不下三人。他轉身出門，往屋側一閃，避在屋後。前門已有一人踏進來，趙不折聲音宏亮道：「大白天的，妳待在屋子裡做什麼？」說著，目光四下打量。

言歡神色一改，眉眼微挑，聲音慵懶道：「才睡了一會兒，將軍怎在這時候過來了？」

趙不折冷冷笑道：「不過來的話，怎知妳睡得好覺。」話音甫落，腰間短刀出鞘，直從窗邊撲出去。這一刀勢大勁沉，任誰都要畏懼三分，木頭的身子微微一側，伸指彈在他的刀面上，內力所注，鏗然作響。

趙不折手腕一麻，應變卻快，尚未回身，已是反手一刀斜劃過來。木頭仍然一避，伸指彈開。兩人由屋角繞到空地上，言歡不由得跑出屋子，站在一旁看著。但見趙不折回過身來，一雙短刀如走龍蛇，挑、砍、劈、刺一頓搶攻。木頭赤手空拳，隨意揮灑，未還一招，已將他諸般攻勢一一化解。

言歡見他二人對打，拳腳刀光紛紜雜沓，若舞梨花，如飄瑞雪，看得眼也花了，幾乎要作嘔。蘇離離伏在灌木叢中，見趙不折攻得甚急，木頭似無還手之力，心下焦慮不已。她二人卻不知，趙不折心裡之驚急比在場的任何人都厲害。

方才木頭在刀上彈指時，趙不折就覺出對方內力深厚，故而這番搶攻使盡了平生的精力氣，已是強弩之末，卻連這人的衣角也沒碰到過。眼見他一招未還，仍遊刃有餘，若是進招，只怕自己早已棄刀認輸了。

趙不折虛擋兩招，退後一丈落在言歡身旁，持刀當胸立個門戶，正要說話，耳聽背後風聲，似有暗器破空襲來，疾勁有力，像極那個老是躲在暗處打遊擊的凌青霜。趙不折害怕凌青霜的暗器，不暇多想，一把抓住旁邊的言歡一甩，擋向身後。

左側兀地黑影一晃，撲向場中，一掌切開趙不折抓住言歡的手腕，側身擋去，那叢鋼針盡數射在徐默格的肩臂上。蘇離離本端著流雲筒瞄了半日，只怕傷著木頭，好不容易覷見趙不折退開，發針射去卻被徐默格從中阻斷。

暗器一出，她藏身之處暴露。只聽身後木葉踩響，蘇離離不看則已，一看不禁驚叫出聲，正是那要命的趙無妨。她這一叫，木頭微一分神，趙不折持刀劈去，木頭急忙一退，捏住他的手肘一擰，趙不折的手臂不折也得折，單刀落地。

言歡扶著被鋼針射中的徐默格，四目相望，冷凝間歷盡千帆；趙無妨一手握刀，一手擒著蘇離離，認出她時，大吃一驚；木頭反剪了趙不折的雙臂，指出如風，連點他身上七處大穴。

轉息之間，變故迭生。這幾下兔起鶻落，六人都愣在原地。

北風獵獵刮來，天色暗沉，吹起每個人的忐忑。蘇離離既出手幫木頭，自然跟他是一夥，趙無妨衣袖一拂，將刀橫在她的頸上，冷然道：「閣下何人？」

趙不折短刀在地，木頭卻不拾，只抓著他的衣領淡道：「兄臺想必就是趙無妨趙將軍吧？萍水相逢即是緣分，何必動刀動劍。」

他二人方才劇鬥，趙無妨遠遠看著，知道木頭手上雖無兵刃，內力一送只怕也震碎了趙不折的經脈，因此一眨不眨地直盯著他。木頭越是說得雲淡風輕，趙無妨越是捉著蘇離離，不敢放鬆分毫。

木頭也怕他一個緊張，手一抖就割開蘇離離的喉管，當下一派和煦道：「常言說：『兄弟如手足，妻子如衣服。』趙兄當心了，你要是一不小心劃傷我的衣服，我免不得要斷你的手足。」

趙無妨冷笑一聲，「你這件衣服是破的，早讓祁鳳翔穿膩了。」

木頭溫言道：「我若是這麼容易讓你激怒，這些年都白活了。」他微微側頭對趙不折道，「尊兄不太看重你啊，你還不如我老婆。」趙不折穴道被點，一點還手之力也無，卻大聲道：「大丈夫生不顧死，何惜兄弟？老子不是怕死的人，要殺要剮就快點動手！」

趙無妨卻陰惻惻一笑，道：「既如此，我先在你老婆臉上劃上十七八條口子，看你天天晚上對著她可還有什麼興致！」他湊近蘇離離耳邊道，「小姑娘，妳是想死呢？還是想破相？」蘇離離卻很沒骨氣地哀聲道：「都不想。」

得妻如此，夫複何求？木頭搖頭嘆息道：「罷了，罷了，我老婆怕死，又怕破相，我放了你兄弟，你也放了我老婆吧。」

趙無妨略一遲疑，見他不似有敵意，方才與趙不折相鬥也未盡全力，便道：「你先告訴我，你是什麼人，來做什麼事。」

木頭喟然道：「我平生最看不慣的人便是祁鳳翔，如今他虎落平陽，我來找你就是要幫你痛打落水狗的。」

趙無妨道：「你怎麼對付他？」

木頭道：「聽說你得了烏衣藏軍資的圖，恰好在下懂得圖上的密語。」

他生生停在這裡，即便趙無妨再深沉，也沉不住這口氣，問道：「當真？」

「當真。我可以告訴你圖上寫的是什麼，你就不愁錢糧了。」

趙無妨利誘之下，疑心仍在，看了蘇離離一眼道：「妳為什麼要幫我？」當日他親見蘇離離與祁鳳翔在一處，如今她和這個人一起，卻說要來對付祁鳳翔，趙無妨如何肯信。

蘇離離乍聽木頭說要對付祁鳳翔，心裡一驚，旋即省悟，他是在騙趙無妨拿圖。倘若木頭要對付祁鳳翔，只需告訴趙氏兄弟，那個雍州的羅將軍是祁鳳翔的手下大將，祁鳳翔的謀劃便會破去一半。

蘇離離瞪大雙眼，卻是一副不可思議的模樣，三分脆弱，三分哀柔，對木頭聲淚俱下道：「不，你不能這樣做。」傷心之狀，讓人一見生憐。

木頭狠狠地看了她一眼，冷哼一聲，「時至今日，妳還想著他！」

趙無妨旁觀二人神色，哈哈一笑將刀放下道：「尊夫人不太守本分啊。」

木頭拍開趙不折的穴道，失敗地搖頭，「疏於管教，讓趙兄見笑了。」

趙無妨雖放下了刀，卻拉著蘇離離的手腕不放，刀尖指點言歡和徐默格道：「這兩個是誰的人？」

木頭漠然地看了一眼，「祁鳳翔的人，暫且留著吧，或許另有用處。」

趙不折活動了一下手腳，振臂接上脫臼的右臂。趙無妨將蘇離離甩到他手上抓著，對木頭道：「裡面請。」木頭也不多說什麼，徑直跟他走進木屋。趙不折在後，捉著蘇離離，對言歡道：「你們倆也過來！」

四人先後進了木屋，徐默格與言歡站在門邊。趙無妨沉吟半日，從懷中摸出一張紙，徐展開，兩尺見方，記滿密密麻麻的符號。他遞給木頭道：「這就是烏衣的那張圖。」

木頭大致掃了一眼，心道這趙無妨當真謹慎小心，工於心計，冷笑道：「趙兄是在試探我？這圖上符號顛來倒去，雖是烏衣的密文，卻是張假圖。」

趙無妨淡淡一笑，也不置辯，另從懷裡取出一張疊起來的舊羊皮，抖開來仍是兩尺見方，寫滿符號線條，拿在手上讓木頭看。

木頭只看了一眼，神色便認真起來，細細觀察片刻，眉頭一皺道：「不對呀。」

趙無妨一驚，「怎麼？」

木頭指點著圖上的符號，「這是安康，卻標了個落霞山。落霞山在江南，怎會在這裡？」他的手指沿著那一串符號往下，蜿蜒看了來回，皺眉搖頭道，「這圖上的話有些似是而非，趙兄該不會被人騙了吧？」

趙無妨自己也低頭看了半晌，不知所云，將那張羊皮放在桌上，用手撫平，道：「也許密語之中還有暗語。你把它寫下來，我們再參詳。」

木頭點頭道：「這也有理。」便站到圖旁細看，趙無妨讓開了一點，手卻按在羊皮一角。木頭伸手撫上，似要細看，須臾間摧動內力，以內力之中的一股綿勁擊上那羊皮。

趙無妨只覺掌心像有一陣水流湧來，那羊皮像炸開的雪花，「砰」一下震成碎片，漫空飛舞，楠木桌卻原樣未損，甚至連動都沒動。這般精純內力已是世所罕有，使出來卻又如此舉重若輕。

變生肘腋，趙無妨猝不及防，一愣之下，木頭一掌切向他的頸脈。趙無妨不料他說動手就動手，急往後一掠。哪知木頭這一招只是虛招，身形一晃，已趨至趙不折身旁。趙不折若是聰明，本當一刀砍向蘇離離，然而出乎意料之下，他只能習慣性地反應，一刀削向木頭的左臂。彈指之後，被木頭點中他左腕太淵，已將蘇離離拉到身後。趙無妨一抬手，止住趙不折，怒道：「你這是何意？」

木頭板起一張波瀾不驚的棺材臉，「沒什麼意思，這張圖好得很，我已經記下內容了，留著也無用。」

趙無妨心下大怒，卻隱忍不發，暗想此人武功卓絕，內力亦複深厚，若是真打，兩人合力也打不過他，遂問道：「閣下武藝高強，機智過人，想必不是祁鳳翔的屬下吧？」

木頭慢慢搖頭，「不是。」

趙無妨當即一抱拳道：「就此別過，後會有期。」言罷，對趙不折使了一個眼色，轉身要走。

木頭淡淡笑道：「你不想打了，我卻想打。」他縱身一躍，晴空排鶴般疏朗，雙拳連出，擊趙無妨之左，趙不折之右。二趙以刀相抗，木頭迎刃變招，仍擊他二人左右，雙臂所罩不離他二人要穴。

他自得時繹之內力，又得時繹之指教，臨敵之際，應變極快。趙氏兄弟若要圍攻他，需得左右夾擊，如今被他這一打，趙無妨只得向右避，趙不折只得向左避，二人反越擠越緊，幾乎要施展不開。雖有四掌，難敵雙拳。

三人轉瞬拆了七八十招，木頭左攻右擊，出招越發莫測。趙無妨心下生寒，暗道：難道我們兄弟今日就要死在這人手裡？趙不折右臂剛脫臼過，不能使力，一番勉力支持，已是背後冒汗。

蘇離離但見二人手中刀光在木頭身前身後揮舞，心都縮了起來，連眨眼都顧不上。冷不防徐默格悄無聲息地站到身後，扯了扯她的袖子。蘇離離回頭看了一眼，顧不上聽他言語，仍看木頭與趙氏兄弟打鬥。徐默格拽著她的袖子往外拉，蘇離離道：「你做什麼？」

木頭的眼角餘光已瞥見動靜，順手拈起言歡妝奩[13]盒上的花鈿擲去。花鈿正中徐默格手腕，擊得他連忙放手。木頭略一分神，趙無妨緩過口氣來，自腰帶中摸出一枚震雲珠，就地一摔。火光炸響，硝煙騰起，木頭不由得倒縱後退，煙霧散處，見趙氏兄弟背影已遠。他默然站立，看二人去遠。蘇離離追出去兩步，又回頭看著木頭。

徐默格看二人跑遠，低沉道：「他兩人各自受傷，你輕易就可追上他們，並將其殺死。」木頭方慢慢扭頭看著他道：「你主子既在趙氏兄弟身邊安插了人，自然知道圖在他們手裡。他仍把簪子給我，又讓你跟著我們來，便是要我與二趙相鬥。最好的結果是我被二人殺死，最差的結果也得趁我不備，讓你把我老婆捉去。我說得對不對？」

徐默格道：「你很聰明，卻只猜對了一半。主子確實讓我來捉她，但也說了，若你有危急，也當救你一命。」

木頭頓了一頓，才說道：「還有一半你沒說。你一路追著我們，遲遲不曾下手，只因言歡不要你捉她。」方才木頭在屋裡與她說話，言歡說「你在此無益，帶著離離遠走高飛吧，我只有這一句話，別的也無須多問了」，她定是知道蘇離離有危難，但言下之意又彷彿不願她被捉住。

13 妝奩：女子梳妝用的鏡匣。

徐默格眼神驚訝，爾後轉為默認，道：「剛才你們打鬥，她不會武功，站在那裡未免危險，才想拉她出來。」言歡站在徐默格身後一直寂靜無聲，此時聽了二人言語，冷漠的神色中突然透出一股狠氣，身子一轉，不再看他們。

木頭反笑了，「你主子千算萬算，也沒算著你們這一齣。」默然片刻，又看了看趙氏兄弟離去的方向，到底不放心留下蘇離離與這兩人在一起，只得作罷。

暮色漸臨，四人身在梁州，也不住客棧。尋了一處小山洞，木頭用內力逼出徐默格肩臂中的鋼針，鋼針細而無毒，受傷便不重。兩人找來乾草，鋪在洞底，生了一堆火，鋪了兩張乾燥的地鋪。收拾完，徐默格對木頭道：「請借一步說話。」

木頭見他說得鄭重，起身與他出去了。

言歡默然倚在石壁上，微闔著眼，彷彿把近在咫尺的蘇離離當作不存在。蘇離離看著她的側臉，睫毛的投影映在鼻梁上，她叫了一聲「言歡姐姐」。言歡似乎睏了，側身倒在乾草上，決然道：「睡吧。」

她的手如蔥白一樣乾淨漂亮，擱在那乾草堆上。蘇離離側身靠著石壁，注視著她的容顏，慢慢朝她伸手，觸到她冰涼的指尖，諸般生疏與隔世的熟悉漸次在心裡迴旋。她明知言歡沒睡著，想說點什麼，卻什麼也說不出來。

過了半天，言歡才動了動手指，緩緩睜開眼。不知是誰的眼淚先落下，手卻緊緊握在一起。許多年來各自承受的苦，因為時間長久而疲於陳說，無法傾訴，卻如洪水蓄積，終於在這個寒冷的冬夜決堤。二人一坐一臥，哽咽痛哭。

哭了一陣，言歡漸漸止住淚，默然半晌，柔聲道：「睡吧。」仿若小時候害怕自己睡覺，言歡等嬤嬤們都下去了，便爬到裡間的床上陪她睡。蘇離離依言躺下，仍握著她的手，乾草窸窣細微的聲音像走過了一地秋黃落葉，波瀾盡去，愈覺寂靜。

山洞之外，徐默格扶著一株木棉，懇切道：「我有一事相求。」

木頭道：「你說。」

「我想帶她走。」徐默格的聲音低沉，卻永遠透著一股寂靜孤單。

「去哪裡？」

「要人認不出，只能去關外。」徐默格站直身子，「我想請你告訴主子，我與言歡都死在了趙氏兄弟手裡，從此世上便沒有我二人。」

木頭聽他語氣堅決，心中有些觸動，慨然道：「你們放心去。」

徐默格正色抱拳，「我二人此生只怕再不能回中原，大恩不言謝。」

木頭也抱拳道：「不必客氣，一路走好。」

蘇離離這一覺睡得不太熟，在恍惚中醒來，火堆懨懨欲滅，山洞裡昏暗，言歡已不在身邊。她微微一動，觸到木頭的胸膛，往他懷裡縮了縮，問：「言歡姐姐呢？」

木頭抱著她，輕聲道：「走了。」

「跟徐默格？」

「嗯。」他低頭吻了她的頭髮。

蘇離離在他懷裡靜靜地伏了一會兒，山洞外已有些透亮的晨光，天空青白。她似睡非睡，又懶懶的不想動腦，只覺被他這樣抱著可以過完一世。瞇了一會兒，方打了個小小的哈欠，看著山洞裡漸漸亮起，蘇離離朦朧半醒，口齒遲滯，含糊問道：「你真記下那圖裡的內容了？」

木頭也懶懶地答：「記下了。」

蘇離離沉默片刻，怪道：「沒想到你也會騙人，把趙無妨騙得團團轉。」

「我當然騙人，只不騙妳；就像妳也騙人，只不騙我。」

蘇離離沉吟片刻，用臉蹭了蹭他的肩窩，輕笑道：「徐默格遮著一張臉，看起來不似活人，言歡姐姐冷若冰霜。兩人連句話都不說，想不到竟會結下私情。」

木頭換了個姿勢，仍是抱著她道：「我看他們般配得很。言歡過去心裡有怨，對妳自然生疏憎惡；如今有了愛人，待人便有了善意。這也是人之常情。」

蘇離離思忖半晌，深以為然，「嗯，那倒不錯，你在我身邊，我就心滿意足得很，看誰都好。」

木頭藉著洞口微光，遙望天邊一絲微微發紅的雲朵，緩緩道：「想那陳北光一方梟雄，和方書晴生不能聚首，死在一起；時繹之痴戀妳娘一世，遺恨終生。情之一字，有萬種艱辛，世間男女，卻泯而不懼。如妳我今日廝守，已是萬千痴怨中的幸事。」

蘇離離嫣然一笑，手臂纏上他的腰，「你說得這樣通透，可莫要看破紅塵，出家做了和尚。」

「看破之人才做和尚，看淡只能做凡人。」木頭眼神專注，心中情動，低下頭吻上她的唇。

蘇離離婉轉相就，簡簡單單一吻，卻有無限纏綿，她笑道：「肚子餓了。」

木頭以手撫額，笑容純粹乾淨，「這件事可沒法看淡，走吧，我們回雍州吃飯。」

一入臘月，辭舊迎新。雍州百姓在戰亂之中仍收拾僅餘的喜氣，守在家中預備過年。雲來客棧那陳舊卻整潔的大門前，掛著兩個突兀的紅燈籠，於入夜時點起來格外惹眼。蘇離離說這家客棧偏僻乾淨，木頭說那就住這裡。

店鋪老闆是個四十歲上下的大嫂，人雖乾瘦卻爽利熱情，將二人安排到最好的一間客房裡，抱來乾淨的被褥鋪上。蘇離離笑靨如花，嘴甜手快，把老闆娘哄得眉開眼笑，連連對木頭道：「大兄弟，你上輩子肯定有積德，才有這麼漂亮又伶俐的媳婦[14]啊。」

蘇離離順勢道：「那可不是嘛，也不知他積了什麼德，菩薩拿我做人情，硬讓鮮花插在……嘻嘻。」老闆娘嗔道：「胡說，這孩子一看就老實，生得也好。可別依著口角伶俐就欺負人家。」

蘇離離大驚，「什麼，我欺負他？」木頭露出深以為然的表情，要笑不笑。老闆娘收拾乾淨，用圍裙擦了擦手後笑道：「年輕人就愛鬥嘴，我去燒壺熱水給你們，要什麼就跟我說啊。」一面掩著笑意，一面搖頭嘆息著出去。

老闆娘的男人於年前死在盜賊手裡，一個二十歲的兒子被軍隊徵走後，杳無音信。兒媳回了娘家，再也不回來了。祁鳳翔的軍隊在上個月經過這裡，將這一帶的存糧錢銀洗劫大半，現下這客棧也只有陳米蘿蔔，鹹菜乾餅充飢。蘇離離取出銅錢，讓老闆娘去街上的富餘人家那邊買些新米點心和鮮魚，做了一餐稱得上豐盛的食物，三人同吃。

蘇離離問道：「大嫂，妳的丈夫和兒子都不在妳身邊，妳還能把客棧開下去啊？」

14 媳婦：在此指妻子。

老闆娘嘆了口氣，「過日子吧，我就是不吃不喝又有什麼用？」她拾起一個凳子收到裡間，猶自嘆息道，「人總要過日子的。」

她私底下問木頭：「祁鳳翔怎會縱兵搶劫？」

木頭道：「他也是沒辦法，兵少將寡，只能收縮在潼關一線。外戰的軍隊，供給都由朝廷運發，如若被扣，他就只能自己想法子。戰亂之中，民如螻蟻，祁鳳翔還算好的，沒把這裡刮乾。」

蘇離離想到老闆娘說的「人總要過日子」，但覺人有時真是奇怪。萬般艱難中卻有無限韌性，哪怕一無所有，只要活著，便去生活。她回想京城城破之時，木頭不知所終，程叔猝然身死，自己孤單一人，前路渺茫，無有目標與終點。如今思之惻然，那時卻不知畏懼，只因她不能畏懼。

木頭為時繹之所傷，一年多來命懸一線，生不能見，死不能得，卻從未放棄希望，即使朝夕不保，還有閒暇去看那一本本醫書。祁鳳翔將門公卿，一生安分便富貴無憂，他卻偏要西出領軍，東拒父兄，即使一無所有，仍有破釜沉舟的勇氣。

蘇離離對木頭道：「你記得那張圖，如果他在軍資上真的有麻煩，我們幫幫他吧。」

木頭點點頭，「我知道。」

沒有多餘的猜疑和解釋。

蘇離離整理著二人的包袱，把《天子策》裹在幾件換洗衣服之中。她忽然想到，如今他們手中既有大批的錢糧，又有這天子之徵，問木頭：「你說，我們去爭天下，豈不是很方便？」

木頭吃罷晚飯，就坐在屋裡百無聊賴，只看著蘇離離左收右拾，在此刻盯著她白淨的臉龐，懶散道：「那不是累得慌？打完天下還要治天下，治完天下還有嗣君之亂。古來有幾個人能把這幾件事辦好？」

蘇離離將包袱整理好，打上結扔到桌上，走過木頭身邊時，被他一把撈住按在懷裡，笑嘻嘻地望著。蘇離離笑道：「看什麼，我臉上長花了啊？」

木頭面不改色道：「姐姐，我們很久沒有……了。」

蘇離離怒道：「什麼很久，也就十天半個月！」

「那還不久？人家老闆娘都知道妳是我媳婦，侍夫之禮不可廢。」

蘇離離刮著他臉皮冷笑道：「好沒羞，既沒有聘禮，又沒有拜堂，我怎麼就成你媳婦了？」

木頭一臉無辜道：「我是上門女婿，這些該女家辦。」伸手就解她的衣裳。

蘇離離推拒，「老闆娘還沒睡。」

木頭更不遲疑，「我偵察過，她睡了。」

蘇離離哼了一聲，放手從了。木頭脫下她外罩的厚襖，又解下她裡面貼身的棉衣扔在桌上。蘇離離知他在情事上素來狂放，必要將她剝光才盡興，拉著他的衣領道：「我們到床上去，這裡冷。」

木頭一把抱起她，走到床邊，神往道：「三字谷裡的冬天也冷得厲害，但是碧波潭水很熱，泡在裡面舒服得很。今後回去，在那裡就不冷。」

「啊？」蘇離離頓時從臉頰紅到耳根，「你怎麼這麼不要臉！一說到這個，滿腦子都是齷齪念頭！」

木頭拉開她裡衣的帶子，一臉無恥加煽惑地問：「我只對妳齷齪啊，妳想想，不覺得那個環境很好嗎？」

蘇離離想了一下，那樣幕天席地，泡在溫泉裡……身上一陣熱又一陣冷，倒把脖子都羞紅了。

這種無間的親密讓人慰藉。像把生命裡的每一分空隙都填滿了，再無斑駁舊跡，歡喜而平靜。世上艱辛皆淡，唯有愛欲深入骨髓。

愛是一粥一飯的平淡，愛是肌膚相親的纏綿，如同占有，又如同隸屬，分不清彼此。一夜縱情，窗外黃土荒涼，北風呼嘯，刺桐又落殘葉。

木頭睡到近午，輕手輕腳爬起來，穿好衣服後到後院汲水漱洗，又提了一桶水放回房裡。走出客棧門邊找到老闆娘，讓她做點吃的。老闆娘似笑非笑地看了他一眼，應了。

木頭出了客棧，迎面吹著徐徐涼風，神清氣爽。兩個老叟坐在客棧對面街邊的石階上，正執著黃舊的象棋對弈，不遠有一個衣衫襤褸的乞丐斜仰在石階旁，破舊的帽子蓋著臉，睡得好不悠閒。街坊幾個閒人在一旁看棋，閒言碎語，從弈棋講到時局。木頭在旁默然聽了一會兒，看見前面轉角處有個婦人提著籃子在賣針黹[15]帛線。

他慢慢踱去，要買一百枚縫被子的大鋼針。那婦人數了半天，只得七十九枚，正作難[16]間，木頭忽一眼瞥見她身後的石板地上一物蠕蠕而行。木頭拈一枚針道：「那就買這一枚吧。」婦人聞言臉現失望，還未言語，但見他手腕微微一動，銀光閃過，回頭看時嚇得「哎喲」一聲。

一條小菜花蛇被鋼針釘在青石板上，正中七寸。木頭俯身拔起針，小蛇翻動兩下，死在地上。婦人愕然半晌，且驚且笑道：「今年冬天可真怪，蛇都不冬蟄了，這兩天常在屋邊街角見著。」木頭笑了笑，徑直回雲來客棧。

15 針黹：刺繡、縫紉。

16 作難：感覺為難、窘迫。

老闆娘已煎好了幾塊蔥油大餅，焦黃酥香。盛了壺清水，一併放在大盤子上端出來，曖昧的眼神之中帶著誇讚，不停地上下打量他。薄板木屋關不住音，木頭臉上微微一紅，神色卻很端正道：「大嫂見笑，家妻臉皮薄，她出來時，妳可別這樣看她。」

老闆娘噗哧一笑，又轉而嘆道：「你還真是疼媳婦，不笑話你們，年輕孩子，哪個不這樣？」

木頭上下打量她一眼道：「我們換的衣服在前兩天洗了，還未乾透，大嫂能不能借件衣裳給我媳婦穿半天？」

老闆娘慷慨應諾，「這有什麼不能的。」特地回屋裡，在廂內翻了半天，翻出一件年輕時穿的碎青花小襖，墨藍裙子，抖在臂彎裡道：「你媳婦跟著你奔走，穿著男裝，也沒個姑娘樣，這兩件衣裳已有多少年沒穿了，要不嫌棄是舊的，就送給她穿吧。」

木頭道了聲謝，端著盤子回到房裡時，蘇離離裹著被子，酣睡正香，一臉恬淡美好。他放下盤子，將衣裳堆在桌上，油蔥大餅放在鐵架旁熱著，回身燒暖了炭盆。看著她的睡容，心中有種祥和寧靜輕易地被她觸發，牽一髮而動全身。曾經的聚散悲喜，他不回想，也不作悔，彷彿天生與她便是這樣，初次相遇便是這樣。

蘇離離又睡了小半個時辰，方緩緩翻了個身。睏倦間睜開眼瞥見他在床邊拂衣淺坐，她揉了揉眼後支起身，朦朧叫道：「木頭。」木頭從桌上的包袱裡取出狐裘幫她披上，捂得嚴嚴實實，才倒了清水、擰了帕子給她洗臉。

狐皮溫軟，蘇離離閉上眼睛仰著臉讓他擦。懶懶的樣子，讓他寵溺之情大盛，湊近在她眉心吻了一下，用帕子緩緩擦過；意猶未盡，又在她鼻尖輕啄一口，再用細棉的溼帕子輕拭。蘇離離警覺地豎起兩根手指抵在他唇上，「你做什麼？」

「幫妳洗臉。」他答得天經地義。

蘇離離忙道：「我自己來吧。」一把扯過帕子，心裡悻悻地想：等他這樣把一張臉洗完，肯定又會滾到床單上。

木頭也不去奪帕子，只將她掙開的被子和狐裘捂了捂，回身把盤子端到床邊。蘇離離放下帕子，木頭端起杯子，餵她喝了一口水，輕聲道：「吃飯。」

蘇離離問：「你吃了嗎？」

「沒。」他撕下一塊酥香的烙餅遞到她嘴邊，蘇離離張口咬了，從厚棉被中伸出手，也撕了一塊來餵他。兩人互為餵食，相視嬉笑，過了半天才把一塊大餅餵完。擦嘴洗手後，蘇離離方起身著衣。

木頭將老闆娘找出的那身衣裳遞過來道：「穿這個，老闆娘年輕時的衣裳。妳那身髒了，一會兒撣一撣再換。」蘇離離有些詫異，也沒多說，依言穿好，抬手就要束頭髮。

木頭攔住道：「等等，妳換了這身女裝，也算是為人婦了，不如梳個髮髻吧。」

蘇離離奇怪道：「木頭，你到底在搞什麼？」

木頭的眼裡含有一抹高深的笑，只說：「來嘛，把妳扮成小媳婦看看。」說著便推她坐下，靈活地攏起她那一把頭髮，以梳子輕理，手指潔淨頎長，穿插在髮間，黑白相間，奇異得美麗。他三綰四綰，竟把她一頭青絲攏作一個鬆散的墮馬髻，垂偏一側，一縷餘髮披肩。

蘇離離照了鏡子，還真成了俏皮的小媳婦，不由得失笑道：「這算什麼呀，看起來跟老闆娘似的。哎，你怎麼會梳頭？」

木頭牽著她的手往外走，道：「小時候，我娘家常閒散隨便梳一梳，我就讓她梳著玩罷了，也只能弄成這樣子。」

走到外面時，墨藍的碎花衫裙，素簡如蘭卻別有一番韻味，老闆娘瞇眼，把她看上看下道：「我的姑娘啊，妳這麼一打扮，我們十里八鄉都找不出比妳更出挑的了。」說著，拉著她的手細細打量，半晌方言道，「妳穿著這身真好。」心裡卻想起自己年輕的時候，不由得幽幽一嘆。

客棧大門上的小門開著，木頭站到門口掠了一眼，對蘇離離道：「我看那裡有個賣針黹的大姐，妳去把她的大鋼針都買來，放在流雲筒裡來防身吧。」蘇離離伸頭一看，果然有個提著籃子的婦人坐在那裡。

她的眼珠轉了兩下，眉眼瞇得細細的，覷見老闆娘進了裡間，笑吟吟地低聲道：「木頭，我們來打賭吧，猜猜那位大姐有多少枚縫衣針。」

木頭忽地莞爾一笑，「依妳。」

蘇離離一時把握不住他眼裡一閃而過的喜色，沉吟片刻道：「小地方的人用不了那麼多，我猜有五十枚。」

木頭遠遠地看了那籃子兩眼，煞有介事道：「看她籃子裡的東西齊全豐富，說不定才剛進貨，我猜有七十八枚。」

蘇離離看他自信滿滿，指尖理著肩上的那縷頭髮，瞪了他兩眼，「我還不信打賭會輸給你。」

她提起裙子邁出門檻，裙裾所限，只能邁著緩慢的小步走過去，倒走出了幾分娉婷儀態。木頭看她步履輕盈文雅，頗有大家風範，實則是怕摔跤，心裡止不住好笑，卻抱肘於胸，靜觀來往坐立之人。一個下棋的老叟得了一妙招，「啪」的一聲拍棋道：「將軍！」圍看之人轟然作聲，或讚好，或搖頭。路上行人不多不少，有的行色匆匆，有的顧盼談笑，全無半分可疑。

少時，蘇離離拿了一包針回來，臉上神情古怪，一步步挨回客棧門邊。木頭故作不知，一本正經道：「打開數數吧。」

蘇離離偏了頭，摸著耳垂，期期艾艾道：「咳，我們都沒猜對，是七十五枚。不過你猜得更接近一些。」

木頭知她扯謊，瞞不住大數目，瞞個小數也要說他不對，只點點頭道：「原來如此。」

蘇離離跟著他往房裡走，忍了片刻，還是忍不住道：「雖說你也沒對，不過是怎麼猜的這麼近的？難道你前些時候在山上跟李師爺學推太乙數了？」

木頭搖頭道：「不可說啊。」眼睛亮亮地一笑。

蘇離離憤憤，越發將信將疑。

他們回到房裡，木頭將她的舊衣裳抖了抖，讓她換了。蘇離離便換裝，又如往常穿戴了，在收拾行裝的時候，木頭又找了紙筆寫字。蘇離離湊過去一看，皺眉道：「你要交給誰？」

木頭微微笑道：「妳一會兒看著就是了。」

二人整理好東西，出來尋老闆娘。木頭緩緩道：「大嫂，我們要走了，趕回家過年，這幾日在此多有打擾，這是房錢，還請妳收下。」他拿著一塊碎銀子，有三、四兩，還有一貫銅錢，都是當初用莫大給的黃金兌剩下的。

老闆娘連忙搖手道：「哪用得著這麼多……」

木頭打斷她道：「這點錢請妳收下，還請大嫂幫個忙。」他將蘇離離換下的衣服還給她道，「麻煩大嫂換上這套衣裙，埋頭出門，向右一直走，走到鎮邊上時再回來。若有人問妳，就請妳把這張折好的字條交給他。」

他的態度恭謹有禮，容色俊朗溫和，手裡的銀子熠熠生輝，可值一年生計。老闆娘遲疑地推拖一陣，又詳細地詢問一陣，最後下定決心，接下銀錢揣好，方道：「好吧，我就替你們跑這一趟。」回屋換上衣裳、梳了頭髮，木頭又囑她兩句，二人行至門邊，木頭半擋著她道：「早點回來啊。」

老闆娘一低頭，出了門，急急地往東去了。她身材瘦削，高矮與蘇離離相仿，穿著那身棉衣，背影恍然一看，急切間也分不太清。木頭看著她的背影，不乏帶著蘇離離方才的小心翼翼，竟讓他在恍然間，以為那真是蘇離離。他微微皺起眉看了一陣，方緩緩回身虛掩上客棧小門。蘇離離也從屋裡出來，與他擠在木門縫間細看外面的情形。

街上一切如常，兩個老頭下完一盤，正整棋再戰；那提籃子的婦人瞇著眼有些瞌睡，從籃子裡掏出竹耳扒挖著。過了片刻，斜倚在石階旁的乞丐將臉上的破帽子抬了抬，掃了這邊一眼，懶懶地坐起身。帽子垂得很低，遮住半張臉，只看見尖尖的下巴。他端起面前的爛瓷碗，拄著黑漆漆的竹杖，站起身往東去了。看似走得平常，卻有一股急促意味。

蘇離離噗哧一笑，又看了片刻，再無動靜，低聲道：「我們走嗎？」

木頭沿街再掃了一眼，道：「走吧。只怕街道還有人，把門關好，我們從後面走。」二人關上門，背上行李包袱，打開後窗。蘇離離一邊爬窗一邊問：「那人會不會傷害老闆娘，要是是趙無妨的人呢？」

木頭淡道：「他若不跟大嫂去，就是趙無妨的人；若跟去，必是祁鳳翔的人。因為趙無妨不放心的是我，而祁鳳翔想捉的人是妳。那便好得很。」

「好得很？你剛拿條子寫了什麼？」

「沒什麼，跟他說正事罷了。」木頭攬著她一躍而出，兩人聲音飄遠。窗外的黃土上突兀地長了兩棵白楊，光禿的枝幹筆直地迎風而立。

東面街上的老闆娘漸漸走到鎮集盡頭，出了村郭，越走越荒，欲要顧盼，卻因木頭囑咐而不敢回頭。行了五、六里地，見旁邊有塊荒野人家的廢磨盤，她索性坐上去歇息，卻埋著頭不敢抬。

那乞丐遠遠尾隨在後，身手靈敏，越瞧越覺得不對勁，緩緩走近往她肩上一拍。老闆娘驚得「啊」的一聲，摔在磨盤邊，卻是個四十上下，一臉風霜的民婦。乞丐一愣，驀地把頭上的破草帽抓往，往地上一摔，露出十方刻意抹黑的臉。用銳利的目光將她上下一掃，轉身欲走，老闆娘連連叫道：「哎哎，大兄弟，你等等。」

十方停下腳步，默然片刻，方緩緩問道：「大嫂有事？」聲音如深水般低沉舒緩。

老闆娘站起來，抻[17]了抻裙子，又掠了掠頭髮，再上下打量他兩遍，忽然笑道：「嘻嘻，這兄弟也俊，怎的是個光頭，倒像個和尚。」

十方輕輕搖頭道：「我不是和尚，我會殺人。」

老闆娘嚇了一跳，笑容頓斂，哆嗦地摸索衣裳，先是摸出一塊銀子，看看又揣好；複又摸出一貫銅錢，摸摸再揣好；末了方摸出一張折了三折的紙，拿在手裡看了一會兒，畏縮地遞過去道：「那住客給我銀子，讓我穿著這衣服出來，如果有人找我，就把這個給他。」

十方接過來慢慢展開，看了一遍，又抬頭看了她一眼，老闆娘一臉老實膽小。他皺了皺眉，轉身便走。老闆娘看他遠去，抹了把後頸上冒出的冷汗，又腰嘆道：「嚇死老娘了。」

17 抻：拉。

拾伍・萬物為芻狗

三日後，這張字條被放在祁鳳翔軍帳的案桌上，上面寥寥數語曰：「祁兄少諒，勿再盯梢。正月十五，銅川成縣，七里村見，大事可濟。江字。」祁鳳翔斜倚在坐椅的扶手上，默然讀了三遍，略換了個姿勢，抬眼問十方：「然後呢？」

十方道：「因為怕被江秋鏑發現，派的人手很少，剩下兩人沒有盯住。屬下回去查看時，人已經走了。後來又命人在那一帶暗尋兩日，也沒找到。」

「人都在眼皮子底下溜了，不在你眼前，你當然更找不著了。」祁鳳翔輕輕地將那張紙撫平在案上，看著那一個個字，不慍不火道，「徐默格跟人，跟得自己不知所終；你身為線人總領親自去跟，跟的人不知所終。你說，我要你們來做什麼？」

十方波瀾不驚道：「屬下辦事不力，聽憑王爺處置。」

祁鳳翔眸色陰晴不定，似有恨意，又有激賞，手指輕叩著桌子，沉吟良久，方道：「他既約了我，不跟著他們也罷。你隨我多年，向來得力，此番小敗當以為鑒，今後多加小心。自己下去反省反省，跟著該跟的人吧。」

十方躬身道：「是。」退出軍帳時，才覺手心起了一層薄汗。

木炭靜靜地燃著，祁鳳翔的手一送，那張字條輕飄飄地落上，火苗一亮，燒成灰燼。

此時的蘇離離與木頭已然北上，正向一戶山村農家討水喝。老農用瓷碗盛了一碗清水出來，木頭道了謝，先喝了一口，方放心遞給蘇離離。蘇離離一邊喝著，一邊瞟著他道：「木頭，我素來不喜那些陰謀，你可莫要學得鬼鬼祟祟的。」

木頭知她意有所指，道：「第一，我不願被人跟蹤；第二，我不想殺人。可這些尾巴又甩不掉，不得已才施點小計罷了。以彼之道，還治於人。」

蘇離離留了半碗水給他，「你說得也對，難得不傷人。我只是有點怕他，若是把他惹惱了，我們也別想安寧了。」

木頭接過碗一飲而盡，放在農家小院的石階上，牽起她漫步而行，道：「方若行義，圓若用智，又何必拘泥。妳不用擔心，他有百種計謀，我有千般對策。當初在幽州戍衛營，我和祁鳳翔推演兵法。推了整整一天，直到各自難以下手，倒頭睡覺為止。那時難分勝負，今日再來，他也未必勝得了。」

蘇離離笑道：「兵者詭道，你們切磋詭計，還很光榮似的。」

木頭道：「妳可知道那年一遇，祁鳳翔便時常給我書信。我知他有意招攬，雖未表明過態度，但還是了解他的人品心性的。他這個人當狠時能狠，心地卻還算磊落，不比趙無妨陰險狡詐。」

「是嗎？」蘇離離的神色黯然，「我見著他就沒什麼好的，不是墓地就是青樓。後來他利用我，想要我爹的《天子策》。狠倒是挺狠，一箭沒要了我的命。」她猝然住口。他還娶了老婆，讓她鬱悶一回；又救了于飛，讓她欠了人情。

木頭的聲音沉鬱悅耳，帶著一些了然，緩緩道：「可妳也不討厭他呀。」

他的神色坦誠清晰，永遠不似祁鳳翔的捉摸不透。蘇離離捏了捏他的手，展顏一笑，百般溫柔，「我要討厭也是討厭你。」話音尚未落定，只覺一陣頭暈，正當她詫異時，卻見木頭轉顧四野，神色一肅，一把將她抱起。

蘇離離漸漸感受到腳下的土地在震動，一陣站立不穩，整個人掛到他身上，驚疑道：「這是怎麼了？」

木頭也有些震驚，「是地動了。」他忽然想起一事，問，「今天十九？」蘇離離想了想，點頭。木頭站在略微穩定下來的土地上，緩緩道：「上次李師爺推太乙數，說十二月十九甲子日有天劫，難道是指這個？」

彷彿回應他的話，地下猛地一抖，木頭的足尖飛快地一掠，抱著蘇離離跳到一塊開闊平展的岩石上。地面山間都揚起塵埃浮土，天地間有極低的鳴響，沉溺卻浩大，彷彿置身在另一個世界。大塊的岩石從山上滾下，蘇離離身在木頭懷中，倒也不覺害怕了，對木頭道：「我們不能在這裡，快離開這山崖。」

木頭依言背負著她，朝山外跑去。身邊的樹葉簌簌而落，鳥驚飛，猿哀鳴。大地搖晃，人像被放在篩子裡簸著。饒是木頭身手矯健，反應敏捷，也幾次險些摔倒。蘇離離緊抱著他的脖頸，彷彿他是這動搖世界裡唯一的依靠。

一路飛馳，離了山道，行至陽關大路，耗費半個時辰才進入一座城鎮。半日時間，日星隱耀，山嶽潛形。滿眼都是驚慌的民眾，攜老扶幼擠在街上。有的房屋傾斜坍塌，路上也裂大縫。蘇離離牢牢地拉著木頭，一句話也說不出來。木頭道：「若是太平豐和之年，遇到這樣的事，朝廷還能有個應對。如今四分五裂，各自為戰，可就麻煩了。」

入夜竟飄起細雨，淅瀝不停。蘇離離縮在木頭懷裡，躲在草棚下看著簷邊雨滴。大地時不時顫抖，雖不如白天，卻仍嚇得人人不敢回家。天地不仁，以萬物為芻狗。蘇離離悄聲問木頭，「為什麼會地震啊？」

木頭嘆道：「書上說地震是因為『陽伏而不能出，陰迫而不能蒸』。君以臣為陰，父以子為陰，陰陽失衡所以地震，是子逆父，臣逆君之徵。」

蘇離離慢慢道：「不知道莫大哥他們怎麼樣了。」隨即伏在他膝上朦朧睡去。

一夜風聲鶴唳，都沒有睡好。

是日，祁煥臣駕崩，消息由京城飛鴿傳到潼關。天明時分，祁鳳翔的前軍與朝廷的兵馬打起來。他的太子大哥早有防備，當日登基，便飭令各部平叛。之後數日，沒有一天停息，兩方都打著誅逆的旗號，在這帶遼闊平原上一通混戰，屬地參差，早沒了界限。

蘇離離與木頭折而向東行了十餘日，這邊災況稍減。這天正坐在路邊歇息，蘇離離吃起乾糧，沒吃兩口，一個五、六歲的孩子有些畏縮地挨過來，看著她手上的餅。蘇離離見他眼神百般渴望，便掰了一塊要給，木頭似乎想阻止，頓了頓後又止住了。

那孩子接去，兩三口吞下，又眼巴巴地看著她。蘇離離見不得他那樣的神色，看了木頭一眼，木頭毫不遲疑地把餅收起來。蘇離離攤手道：「你看，我也沒有了。」那孩子像看個大惡人似地看著木頭，滿臉控訴，泫然欲泣。

這時，身後有個布衣農夫過來喚了一聲，牽起孩子的手道：「小毛不哭，爹爹換了一把粟米，咱們回家做飯去。唉，就是沒水。」

木頭道：「是井水沉下去了嗎？」

農夫抬頭看了他一眼，見他容貌出眾，氣質清貴，嘆道：「先生不知道，我們這裡沒井，祖上就守著一條河。不知為何，前兩天就沒了河水。從上游逃來的人還說，那邊連日下雨，可這幾天連河底都乾了。」他指一指十數丈外，「喏，那不是。」

蘇離離抬眼看去，那裡一片土色，有一頻寬寬的凹槽，顏色新黃，竟是河床。他們所站之地低矮，竟在一處河彎之上。木頭沉吟半晌，忽然站起來，看了那河床道：「這河水平日流得急嗎？」

農夫道：「急啊，雖是冬天，河下的暗流也多，有時候打魚撒網，一拽就知道勁大力沉。」

「冬天也不結冰？」

「要結幾日，不過是一層薄冰。」

木頭再想了片刻，斷然道：「這位大哥，這裡住不得了。」

「怎麼？」

「河水突然斷流，必是因為前幾日地動，山石阻住水路。上游連日下雨，河水正該暴漲，不出幾日便要衝破阻石。到時流下來，這裡地處河彎，又在低窪之地，會被河水淹沒的。」

農夫瞠目結舌，半晌搖頭道：「怎……怎麼會，我們家代代都住在這裡，又沒近親，叫我搬到哪裡去？」

蘇離離聽得明白，從旁勸道：「留得青山在，不怕沒柴燒。房屋被沖掉後可以再建，只要人沒事。」

農夫仍搖頭道：「冬天發大水，那是從沒有過的事。不可能，不可能。」

木頭既無奈又急促，「地震之後，河水先涸而後發，前朝是有先例記錄在冊的。不怕一萬，就怕萬一。」

那孩子掙脫父親的手，去扭蘇離離的衣裾，怯生生道：「餅……」

腳下隱隱抖動，三人俱是愣住了。蘇離離正對河岸，一指道：「你們看！」上游河道有某種白色的東西正蠕動著過來，是波浪。木頭大聲道：「快跑！」

他一指河對岸，「往河灣那邊跑，越遠越好！」喊完便扯起蘇離離就走，那孩子拉著她的衣角，一絆，險些跌倒。蘇離離拉住那孩子的手，拖著他便走。孩子哭道：「爹……」一時拉扯不清。

木頭用力將她一拽，連挾帶抱，提氣飛跑。躍入河道，奔了百餘丈時，水聲已近，木頭一腳踩在水裡，大喝一聲，拉起蘇離離提氣縱躍，離岸沿半尺。一個大浪打來，頓時萬千力道如入棉絮，被波浪捲到水底，隨沉隨浮。

蘇離離不諳水性，全身入水便慌了，幸而木頭將她抓得極緊，也不知在水裡翻捲了多久，方被他拉到水上，只覺頭頂一輕。她睜眼咳水，木頭抹著她臉上的水，道：「妳沒事吧？」

蘇離離喘息道：「沒事。」回顧方才的河灣，已是一片澤國[18]，那父子二人都不知去向。水面漂著些浮草雜物，也有傢俱桌椅。水流湍急凌亂，似要將數日的壓抑都發洩在下游的土地上。一個方形的長箱浮在水上，木頭伸手撈到那件木質家什的一角，細看之下才看出是一具黑漆漆的棺材，尺寸偏小，板子也才四寸厚。他攀了棺材邊緣，將蘇離離順進去，自己扶在棺邊，被水沖到岸邊一撞，帶入江心。

18 澤國：河湖遍布的國家。

蘇離離急叫道：「你也上來！」木頭擺手，這棺材載了她，已入水兩尺，他再上去，非翻覆不可。棺材在水中搖晃，蘇離離也不敢亂動，卻牢牢按住他的手背，生怕他被水沖散。木頭道：「別怕。」上游來水似源源不絕，一時半刻停不下來。

兩人在急流中迴旋，脫不了身，像巨大的力量在拉扯。水流至柔，木頭欲要用力，又無從用起；欲要借力，又無處可借。他不怕水勢多大，可這具棺材幾經摔打，一旦散架，蘇離離在這般波濤中能堅持多久？木頭在水聲中果斷道：「把妳的流雲筒背好。」

蘇離離茫然地點了點頭，流雲筒縛在她的背上。

木頭沉聲道：「姐姐，妳聽好。我在碧波潭一年，水性已練得極好，妳不用擔心我。」

蘇離離看著他明淨的雙眼，驟然明白他的意圖，用力抓住他的手，眼裡迸出淚意，用力搖頭道：「不，木頭，不要。」

木頭一手扣著棺沿，屈了食指和拇指，豎起餘下三指，道：「三天，妳不要走遠。三天之內，我會找到妳。」

蘇離離哪聽得進去，連連搖頭大聲道：「不，不，不。」

木頭反手抓住她的手，放在唇邊吻了一下，唇上的溫熱透入她的皮膚。他微微一笑，「相信我。」

內息隨經脈而行，渾厚的內力都凝聚在掌心，他注視著她的臉龐，用力一推。蘇離離坐著的棺材劈波斬浪，如離弦之箭沖向水流邊緣。木頭卻朝著相反的方向快速沉去，一個浪捲，不見了。

「木頭——」蘇離離看著他淹沒在水裡，嘶啞地喊叫著，天水茫茫，尋不見他在哪裡，蘇離離的眼前頓時一片模糊。

棺材在岸邊一撞，餘力未消，徑直沖上平沙水岸。棺底磨著沙礫，於頃刻間停下，「啪嗒」一聲，側板向外倒下。蘇離離坐著一動未動，望著面前渾濁的水，二十年來聚散於她，總是如此匆促。

她輕聲叫道：「木頭。」悱惻淒楚，空曠無邊。蘇離離撫摸著手背，默然坐了半天，揉了揉眼，將流雲筒取下來搖了搖，對著棺材擋板扣動機關。十餘枚鋼針鏗然釘在擋板上，所幸沒有被水浸壞。她將唯一的武器背好，站起身把凌亂的頭髮綰起。風寒水冷，溼透的襖子貼在身上。

很多時候，一直都是木頭在照顧她，蘇離離百事不用上心，竟也沒磨平心志。她曾經一無所有，也不畏懼再次失去。蘇離離冷得抱緊自己，一步步朝前面的平地上走去。她走出幾步，又回頭看看水，生怕木頭一會兒就從那裡冒出來。看半晌，又轉身走。三天，他從不騙她。想到這點，心裡便稍稍安定。

半壞的棺材於河岸上兀自佇立，像最沉默的告別。在她危險的時候，是木頭和棺材救了她，這是一種宿命，還是巧合？她又回頭看了那棺材一眼，它彷彿給了她莫名熟悉的力量，帶著一點貫穿生死的哲理，讓這分力量堅定又可靠。蘇離離深吸一口氣，在寒風中漸漸走遠。

暮色四合時，她才看見一處人家，屋子很窄，擠了數十人，都是逃難來的流民，敵視地看著她。蘇離離無處可擠，也無飯可討，只能央求他們給點火。其中一個老者遲疑片刻，摸出一塊快要打光的火石火刀給她。蘇離離真心誠意地道了謝，又走出里許，才找著背風的地方，撿起一堆枯葉，打了半日才將火打燃。

手腳已冷得麻木，她縮成一團烤著，漸漸覺得三魂七魄回到了身上。往日跟木頭行走江湖，有時也會在荒郊野外受冷，但和他在一起，似乎也不覺得冷。這難道就是佛家說的境由心生？只覺情之一字，永遠參悟不透，時有新奇，是人生中從未體會過的。蘇離離摸著手背，似有他唇吻的餘熱殘留，她低聲念道：「木頭，木頭。」

彷彿這兩個字從唇齒間輾轉出來，便能與他親近一些。眼見皓月千里，靜影沉璧，心裡思忖他應該脫困了。又在哪裡，也許就在來找自己的路上。這樣一想，心中幾許雀躍，聽得道上馬蹄聲響，也失了警覺，站起身探去。

一隊快馬過來，是兵。蘇離離連忙躲閃，卻已被看見。幾個兵士走上前，勒馬道：「喂，這小子是哪來的？身上帶了多少錢？通通拿出來。」

戰亂之時，官兵盤剝百姓，是慣常的事。蘇離離盡量放粗喉嚨道：「各位軍爺，小弟是逃難出來的，既沒有錢，也沒有糧，正是活不下去了。」

那兵士看了她一眼道：「一身衣裳倒是整齊，既活不下去了，爺直接幫你結果，棉衣就充軍吧。」說著，就跳下馬抓她，蘇離離將他的手一揮，退後兩步抱起流雲筒道：「一身衣服而已，軍爺的眼皮子就這麼淺？」

她不動聲色地打開擋蓋，心裡盤算著木頭跟她講過的搏擊方位，怎樣才能將這些人全部射殺，心道：你想搜刮老娘的盤纏，老娘正要你的盤纏！亂世為活命，人心都不善。

那兵士也不多說，抽出刀，蘇離離對著他扣動機關，流雲筒一轉掃向餘下諸人，鋼針如千絲萬縷般撒去，須臾百發。

那隊兵馬約有二十人，俱各中針，或倒地，或強立，呻吟不已。她心下暗道：糟了，我這樣把針釘到他們身上，這一針兩針在片刻也扎不死人。果然有輕傷的兵士拔刀上來砍她，蘇離離轉身就跑。才跑出兩步就被那人捉住，把刀橫在她脖子上，卻不抹下去，狠聲狠氣道：「說！你是不是銳逆的奸細！」

銳逆？瑞麗？那是什麼東西？南疆地名？蘇離離尚未答話，後面大隊騎兵趕來，為首一人聲如洪鐘，不怒而威道：「讓你們前哨探路，卻這般磨蹭，天明怎與太子……唔，皇上……的兵馬會合！」

一個兵士稟道：「將軍，這裡有奸細，傷了我們的兄弟。」

蘇離離聽那將軍的語速和聲音，心中急切地回想，他是誰？他是誰？我怎麼聽著如此耳熟！

那將軍毫無遲疑，道：「既是奸細，殺了便罷。大軍當前，猶疑什麼？」

蘇離離聽得這話一急，靈犀頓通，大聲叫道：「歐陽覃，歐陽覃！」

兵士都是一頓，歐陽覃策馬上來，一時間沒有認出她。

蘇離離方才想到是他，脫口而出，此時腦中的思緒紛繁，歐陽覃不是跟隨祁鳳翔的嗎？可他說太子……皇上，太子是祁鳳翔的大哥啊。兩人水火不容，歐陽覃怎會去與他會合？她突然想起李師爺的話，祁鳳翔的手下大將歐陽覃叛變到了他大哥的陣營裡。

不待她想好，歐陽覃已認出了她，幾分恍然，幾分遲疑道：「是妳？」

完了，這下不好編了，蘇離離訕訕一笑，縮頭舉手道：「嘿嘿，是我。」

歐陽覃退了兩步，神情有些矛盾，打量她兩眼，慢慢審問道：「先帝才剛晏駕，銳王就叛逆朝廷。如今皇上正親自提兵誅滅。此地不日便有一戰，妳怎的做了銳逆的奸細？」

銳逆，原來是銳王叛逆，蘇離離吞了口唾沫，殷殷解釋：「我不是奸細，是他們要搶我的東西，我不得已才用暗器射傷他們。就……就只是幾根針，沒人死吧？啊？」她環顧諸人，轉過臉來滿意地點點頭，「沒人死。」

歐陽覃被她不倫不類地搶白，一時間反應不過來，微瞇起眼睛沉思，不陰不陽道：「這麼說來，妳和祁鳳翔沒什麼關係囉？」

他怎會這樣問？蘇離離心中的疑問一掠而過，不容多想，當下也試探道：「我跟那逆賊當然沒有關係！我這輩子見都沒見過他，我跟他沒有任何關係！」

歐陽覃半冷不熱地笑了笑，道：「那便罷了，妳跟我走吧，待此戰過後，我令人送妳回去。」他回頭道，「給她一匹馬，大家加緊趕路。」

蘇離離騎到馬上，一縷神魂才算歸位，跟在歐陽覃身側，翻山越嶺，心中卻思量開了。歐陽覃明明見過她跟祁鳳翔在一起，她說沒見過，他就默認了。有個隱約的想法在心裡成形，但大軍當前，這種事不得大意，又怎能僅憑臆測？

一炷香的時間後，遠遠可看見營地篝火。營中兵馬過來接住，只說皇上有召，歐陽覃獨自去了。少時，他手下親兵過來，將蘇離離引到一處大帳的後面。這方形帳子一分為二，後帳又分隔兩方，一方放了雜物，一方有張木榻。那人引她到榻邊，逕自出去。

約莫過了盞茶時分，歐陽覃掀起帳子進來，把一個饅頭和一摞衣物擲到榻上，冷冷道：「換上，此時起，扮作我的親兵，不許離開我一丈遠。妳今晚就睡這裡，不許出去。」

「哈？」蘇離離詫異，「那你也睡這裡？」

歐陽覃臉色更沉幾分，「我當然不睡這裡，我在隔壁大帳。」

蘇離離頭疼得緊，卻勉力維持著邏輯，「可你不許我出去，我肯定就隔你超過一丈遠了；

你不許我離開你一丈遠，那我只能出去。」

歐陽覃哭笑不得，搖頭道：「妳現在不用出去，我叫妳出去才出去……哎，什麼跟什麼呀。咳，反正我說，妳聽著就是了！」說罷一摔簾子，走了。

蘇離離拿起衣服一看，是一套兵卒的衣褲軟甲，琢磨半天才套在衣服上穿好。和衣倒下，蓋上硬如門板的被子，啃著冷饅頭。饅頭如鯁在喉，衣甲硌在身下，恍然想起前些日子，在那偏遠小鎮的客棧裡，與木頭神仙眷侶，心裡驀然一酸。

腦中忽有一道靈光閃過，歐陽覃為什麼要將她帶在身邊？內心慢慢浮起一種畏懼，怕什麼呢？怕落到祁鳳翔手裡？可祁鳳翔到底有什麼可怕的，她又說不上來。正因為說不上來，就愈加怕得厲害。從帳簾縫中望見營裡燈火，蘇離離數著這一天算是過去了，木頭啊木頭，你在何方？

她下午泡了冷水，在寒風中走了半日，頭疼得厲害，恍惚要睡著時，聽見某種東西的輕微聲響。蘇離離驟醒，只盼是木頭來了，卻聽見極低的人語聲，喁喁不清。木頭獨來獨往，不會和人說話，她慢慢掀開被子爬起，躡手躡腳走到帳側。大帳周邊是厚棉，裡面只用兩層帆布隔開，前帳之人雖將聲音壓得極低，隱約也可聽見隻言片語。

一人語調低沉，斷字卻清晰，道：「務要確保無恙。」

歐陽覃似乎很為難道：「那天明行事如何？」

「照舊。」

歐陽覃半天不說話，那人良久方道：「正月十五之前，還要趕到銅川布置。」

蘇離離聽得一驚，方才揭了被子，冷熱不調，鼻子一陣癢癢。她努力忍耐，將頭埋在臂彎裡捂死打了個噴嚏。這個噴嚏聲氣甚小，在夤夜靜謐中還是讓那邊說話的兩人一頓。

她忙躡行至榻邊，躺上去裝睡。剛擺好姿勢，歐陽覃已掀簾子走進來，悄然無聲，令她備感緊張。蘇離離刻意微微動了動，揉著鼻子，又埋在被子裡睡。歐陽覃平靜道：「蘇姑娘，妳不要裝睡了。」

她置若罔聞，彷彿睡沉了，心裡卻絲毫不敢放鬆。僵持片刻後，歐陽覃默然退出，蘇離離緩緩睜開眼，哪裡還能有半分睡意？

她鼻塞頭沉，蜷在褥子上吸鼻子，回想當日與祁鳳翔遇見歐陽覃的情形，歐陽覃連祁煥臣的帳都不買，又怎會投向太子？他一開始就裝作一介莽夫，不僅她沒識破，連祁鳳翔也沒識破，將幾人騙到睢園去鬥趙無妨。這人演戲之技藝可謂絕佳，極可能是祁鳳翔授意假投太子的。

正月十五，銅川之行，那是木頭寫給祁鳳翔的字條，其餘還有誰知道？難道字條落到了別人手裡，還是祁鳳翔想對付他們？許多種可能浮現心底，蘇離離心中暗暗打定主意，此地是非難料，明日定要尋機逃走，去找木頭。心下打定主意，這才模糊睡去。睡得半醒間，似乎看見帳簾一動，木頭緩緩走進來，俯看著她道：「起來！」

蘇離離猛然一醒，見歐陽覃一張大臉湊在眼前，橫眉道：「叫了妳半天，怎不起來？」

蘇離離「哎哎」應了一聲，一動，只覺頭疼得要命，勉強撐起，眼前浮光掠影。摸了摸自己的額頭，好像有些發熱。她晃起身來，將流雲筒背上，埋頭跟他出去，忽然撞在他背上。歐陽覃回頭，皺眉訓道：「妳今日要警醒一些。」

蘇離離揉著腦袋，「你走就走，幹嘛突然停住，要不我也撞不上你。」

歐陽覃瞪了她半晌，道：「妳若不想橫死，記得牢牢跟在我身邊，我往哪裡走妳就往哪裡走。我往前衝，妳便也往前衝，知道嗎？」

蘇離離心裡警覺起來，點點頭，「知道了。」

出了軍帳，冷風一激，她先打了個大大的噴嚏，涕淚橫流。尋不著手巾，只好猥瑣一把，反正不是她的衣服，袖子一橫擦乾淨。平日看慣的馬，在眼前有如高山，蘇離離渾身無力，爬了半天都爬不上去。歐陽覃緩緩策馬到她身邊，捉住她的領子一提，把她提上馬背，看她東倒西歪，壓低聲音道：「妳就算要死，也要過了今天再死，別讓我不好交代，嗯？」

交代？跟誰交代？蘇離離無暇多想，只能點頭，「是，是，就算我現在死了，也一定詐屍起來，跟牢你。」

歐陽覃齜牙一笑，從隨從身邊接過一盒清涼油扔給她，命道：「抹上，清醒點。」蘇離離依言抹到太陽穴上，涼風颼颼地刮著，靈臺頓時涼得清明。跟著歐陽覃策馬而出，從中軍行到轅門，便見一人衣甲燦然，駐馬當場，頭上的金冠映著天邊晨暉顯得分外耀眼。

這人三十來歲，眉目英挺，五官與祁鳳翔相似，卻全無祁鳳翔的神韻。那人一見歐陽覃道：「你來遲了一些。」

歐陽覃臉色惶恐，重重抱拳道：「末將怎敢勞皇上等候！」

那皇上笑道：「不要緊，今日決戰，正該同心。你是有功之臣，他日必定榮耀非凡。」

歐陽覃似被他感染，容色莊重肅然道：「今日一戰，陛下偉業奠定，我等能效綿薄之力，實是大幸。」

皇帝陛下也莊重了神情，握著他的手道：「你能慧眼識人主，當日為朕揭發那叛賊謀奪《天子策》，欲有不臣之心，朕是不會忘記的。」

他二人慷慨萬端，蘇離離聽得胳膊上起了一層雞皮疙瘩，越發打冷顫。才做了幾天的皇帝啊，大敵在前，無屏息專注，卻在遙想飄忽的成功之後，還遙想得十分自我感動。這位皇帝陛下若有絲毫人主之智，就不該讓祁鳳翔坐大，落到如今這一步。

但見這人主手一招道：「走。」

幾人便隨著他從中軍大道一直前行，漸漸看見前面隊伍森然，劍戟林立。他們一行縱馬過去時，幾十面戰鼓擂起，金石相撞般清越激昂。人馬從中分開一條道路，漸漸望至陣首，耳聞鼓，足踩鞍，不待廝殺，便已有了披荊斬棘的豪情。

幾人一路騎到陣前傘蓋下立定，歐陽覃綽刀在左，蘇離離立刻在後。

兩陣對圓，對方中軍一杆大旗，旗腳南飄，書了個端正有力的「銳」字。陣中人馬分開，一騎當先而出，不疾不徐，那匹馬帶著矜持的態度，蹄法雍容，似閒庭信步。光看那馬蹄優雅地向前，便知道騎在上面的主子是誰。

祁鳳翔一身銀甲，如白雪皚皚，連盔纓都換成了素白，迎風輕飄。每走一步，既是穩如泰山，又是縱逸仙姿。他站定陣前，緩緩屈了屈腰，道：「大哥別來無恙？」

蘇離離驟然聽到他清越的聲音，腦子裡似是一暈，心怪這傷寒太厲害，急忙扶穩馬背。

大哥皇帝冷笑道：「誰是你大哥，你這逆祖叛賊！父皇屍骨未寒，你就提兵叛亂，還不快快下馬受死。」

祁鳳翔輕笑，毫不疾言厲色，「既然父皇屍骨未寒，大哥怎麼就把金冠束上了？」

對方一愣，道：「我是皇儲[19]，父死即位。一國之君，為國之體統，自然盛裝冠戴，豈能服素。」

「原來如此，」祁鳳翔前一句說得滿是詩情，動靜之間卻又立現殺意，「上月你將我王府

19 皇儲：皇帝的繼承者。

之中，上至王妃，下至門役，都斬首在京城北門，這就是為君之道？」

「哼哼，不錯，大逆不道，當誅九族。」

祁鳳翔仰天長笑道：「九族？我九族之中，與你血緣最近，你殺不了我，卻殺一干婦孺。這也叫為君之道！嫉賢妒能，猜疑兄弟，胸中策不滿百，筆下言不滿千，你何德何能來參這為君之道！我今日叫你一聲大哥，只因你今後聽不著了。念及往日兄弟情分，我今日捉住你，就讓你死個痛快！」

皇帝陛下似聞奇談怪論，靜了一瞬，方大笑道：「我是聽不著了！今日我眾你寡，你的士卒連飯都吃不飽，你縱然想勝，也難比登天。是我讓你死個痛快！」

祁鳳翔長劍出鞘，劍尖斜挑，微指他大哥道：「好，你來決此戰。」

他的大哥尚未答話，歐陽覃已是雙目凜凜，布滿戰意，聽了這句暗語，大喝一聲，三軍驚愕，只見他長刀一掄，凌空劃過一道圓弧。

陽光下白刃一閃，從皇帝陛下頸上揮過。方才那生龍活虎的嘴巴、金光燦爛的頭冠瞬間跌入塵土。鮮血飛濺，身首異處。身後軍士瞬間俱駭，祁鳳翔同時將劍一指，手下如軍馬排山倒海般壓了過來。

歐陽覃叫道：「快走！」

蘇離離奮力一打馬，隨他衝出陣。她從未如此接近地看一個人被砍掉腦袋，方才的景象仍在腦海中揮之不去。短短數十丈的距離，卻似跑了半天。後面有箭射來，在耳邊呼嘯而過，她左腿上一陣鑽心疼痛，夾不住馬鞍，身子往地上墜去。歐陽覃一把將她抓住，單手提著飛馳。

片刻之後，迎面有人伸臂撈住她的腰，歐陽覃鬆了手。那人將她死死地按在胸前，用力之巨，彷彿要把她肺裡的空氣榨出。她的臉偎上他冰冷的鎧甲，記憶中的畏懼疏離與隱約迷戀撞入心底，她再也支撐不住，昏了過去。

人流在身邊湧過，那是他萬千功業的奠定，在一步步累積；那是壓抑他心志的家族身分，在他手中銼骨揚灰。主帥已失，敵軍摧枯拉朽般瓦解，勝利華麗而盛大，快意絕倫。手中的人卻是意料之外，希冀之中的賀禮。

祁鳳翔靜靜地抱著蘇離離，在這舞臺大幕後，軒昂默立。

「一見祁鳳翔，小命定遭殃」——對蘇離離而言，這是一個亙古不變的真理。

蘇離離這一覺睡得昏沉，忽冷忽熱。彷彿又看見昨日急流中，他注視著她的眼，身影淹沒在水裡。蘇離離輕聲哭道：「木頭。」臉上有綢布細滑地蹭著，鼻子聞到一陣幽香。

她緩緩睜開眼，眼前有些模糊。蘇離離拭掉睫上的淚，摸到柔軟的枕頭，一張標緻的臉龐，於半尺之外凝視著她。祁鳳翔一肘放在枕上，手支著頭，側身躺在旁邊，看不出神情。蘇離離也無暇去看，吃驚地一退，後腦撞在牆上，疼得「哎喲」叫了一聲，這才覺得渾身痠痛無力。

祁鳳翔伸手撫著她的頭髮，舉止溫柔，語氣冷淡道：「妳亂踹什麼？」

蘇離離半趴在床上，露出側臉，拉了拉衣領，大吃一驚，不由得死死拽住。自己全身的衣服都被剝掉，卻著了件絲質寢衣，衣帶不繫，裙裾鬆散。被褥厚實溫暖，心裡卻生起一種恐懼，咬牙道：「你……你……」她的嗓子乾啞，說不出下文來，半天才迸出一句，「你脫我的衣服！」

祁鳳翔躺在旁邊，似將她阻在床上，無形的壓迫感隨著他手臂一動，遍布蘇離離全身。他扯了扯被子將她蓋好，溫柔的態度讓她心裡那極大的恐慌轟然點著，眼淚迸出眼眶，牙齒幾乎都要打顫。祁鳳翔看破她的心思，莞爾似地笑道：「衣服是找附近民婦幫妳換的。妳腿上中箭，軍醫來敷了藥，又一直發高燒，天黑的時候才退熱。」

蘇離離遲疑道：「是嗎？」

祁鳳翔語氣誠摯道：「妳若是疑心我對妳做了什麼，那大可以放心。我要強暴妳，必定會在妳清醒的時候，那樣才能讓妳印象深刻。」

蘇離離現在清醒得很，對他的印象也足夠深刻。她看不出他究竟是喜是怒，是玩笑還是當真，是想將她留在人世還是扔進地獄，當下不敢反駁嬉笑，只得低低地「嗯」了一聲。

祁鳳翔的唇角扯起一道弧線，微笑道：「我忙了一天，有點累，順便在這裡歇了歇，看著妳卻又睡不著。妳這人看著軟弱，性子卻又硬又壞。這麼蜷在床上，外表溫順畏懼，心裡卻不知在打著什麼鬼主意。定然在罵我吧？」

蘇離離看著他的眼睛，如秋水般瀲灩，輕輕搖頭道：「我沒有罵你，你一直待我很好。」

祁鳳翔的眸子微微一瞇，靜了靜，方道：「也不見得很好。只是我有一個疑問，一直想問問妳，可妳總是躲著我。」

蘇離離輕輕掙開他的手，鎮定下來，「你想問我什麼？」

祁鳳翔收回手，也不怒，淡淡道：「我想問妳，倘若當初我告訴妳于飛其實有救，我其實很喜歡妳，妳會走嗎？」

蘇離離搖頭道：「我已經走了，說這個沒有意義。」

祁鳳翔默然片刻，沉吟道：「我有時候會想，妳是不是始終都喜歡不了我這樣的性子。可以動一動心，必要之時又能決然離開。那其實還是不喜歡的啊。」他彷彿自言自語，「妳又不是什麼良善守矩之輩，江秋鏑有時迂腐得很，妳怎會喜歡他？」

蘇離離料不到他會說得如此直接，彷彿故舊知交一般無所避諱，躊躇片刻道：「我是不拘泥小節，若是為了活命，什麼卑鄙手段都可以用用。但若沒什麼顧忌，我還是願意善良的。」她遲疑一下，小心道，「你當然很好，比他好多了。可我早就喜歡上他了，浮世之中有許多誘惑，但需明白自己要的是什麼，就不要輕易動心。」

祁鳳翔眼眸深沉，陰晴難辨，隔了半日才緩緩道：「這是誰說的？」

蘇離離瞟了他一眼，沒說話。

他忽然慢慢笑響，漸漸大笑起來，轉身坐起，搖頭道：「我也未必比他好得多。不就是我喜歡妳，妳棄若敝屣嗎？我敢承認，妳倒不敢承認了。」

見他態度終於明朗，蘇離離暗暗鬆了一口氣，心道：我敢那樣刺激你嗎？

她撫著腿上的藥紗，低聲道：「我睡了多久？」

「也就三四個時辰，天才剛黑不久。」祁鳳翔站起身，從旁邊的炭爐上端了碗藥汁過來，「早該吃藥的，看妳睡著，也沒叫。起來喝了吧。」

蘇離離望著那碗烏黑的藥汁，心裡抗拒了一下，還是慢慢爬起來擁著被子，將藥汁一飲而盡，蹙眉不語。

祁鳳翔想起她當初怕苦不喝藥，自己緊哄慢哄，威逼利誘的情形，禁不住冷笑道：「妳說，要是我強暴妳，妳會不會也如此嬌弱痛苦，卻又不敢反抗？」

蘇離離臉色瞬間嚇白，思忖半晌，只能旁敲側擊，半是玩笑，半是堅決道：「銳王殿下，您是才剛做鰥夫的人啊！」

祁鳳翔見她當真，語調冷淡之中透著嘲笑，「妳也未必不是寡婦。江秋鏑若無意外，怎捨得把妳扔在兵馬橫行的道上？」

蘇離離登時斂容，收起戲謔，悲喜全無，淡道：「我跟你不一樣，你的妻子死了你可以無所謂；可我無論生死都愛他。何況，他不會死。」

「如此說來，我冷血囉？」祁鳳翔自問，默然片刻，也不辯，反問道，「倘若他死了呢？」

蘇離離緩緩搖頭，「他說過會來找我，他從不騙我。」說到木頭，彷彿心底沒了對祁鳳翔那種捉摸不透的畏懼，迎視他的目光，坦然道，「人有時會一無所有。我就遇過，還不止一次，信念就是那根救命稻草。我相信他不會死，也必然會來找我。」她眼中的意味脆弱而堅執，像冬日稀薄的陽光，卻是萬物仰賴的根本。

祁鳳翔看著她的樣子，宛然記憶中的思慕，無比親近又如隔千山萬壑。她失去過親人，卻未曾自怨自艾；對他動過心，卻從未顛倒愛慕，喪失自我；她遭言歡冷淡，仍不顧安危，要水火相救。她有一種淡定的自在，對人對事不必悉心謀算，全力掌控。處之安然，失之不悔。

這不由得讓他想起那個眉目清亮的江秋鏑，無論是貴胄驕子，還是布衣少年，總有適意的決斷；無論自己如何用心招攬，總不肯輕易就範。彷彿又看見他們在陽關大道上的擁吻，祁鳳翔眸光驀地一沉。

蘇離離看他眼神陰晴變幻，一時愛戀紛雜，如驕陽般熾熱，一時又像水底暗流冰冷莫測，骨子裡還是有些怕他，往裡縮了縮。祁鳳翔撩衣坐下，傾身靠近。蘇離離以為他要做不軌的舉動，但他只是握住她的手，什麼也沒說。他的手溫熱有力，皮膚的觸感陌生細膩，袖口雪白得連一絲花邊也沒有，純粹得猶如他的複雜。

蘇離離看著他服素的領口，輕聲道：「你父親死了。」

祁鳳翔望著袖子，像看著一段古舊的時光滄桑淡去，平靜道：「是啊。他臨終下過十二道詔書召我，可我不能回去。他待我不錯，當初我下獄，他也一直狠不下心來殺我。」

「這叫不錯？」

祁鳳翔有些出神，冷冷道：「已經很不錯了，因為我要謀的，是他的江山。」他的言辭裡潛藏著激越，壓抑不住，卻屈臂埋頭，伏在她床邊，有些掩飾、有些倦怠。蘇離離錯愕地看著他，他仍握著她的手，虎口上的刺痕暗紅明滅。她只得由他握著，側身趴在床邊。

良久，蘇離離闔上手指，回握在他手上。祁鳳翔沒有抬頭，卻更緊地捏著她的手。咫尺之間，默默無言。

蘇離離不了解祁鳳翔，似乎從來不了解。她設想他的種種心性言行，到頭來總是錯的。

在這點上，她甚至還不如木頭。

她在這夜睡得極淺，祁鳳翔抽出手時她便醒了。他整著袖子道：「妳接著睡，我還有事。」態度生氣勃勃，又怡然大方，昨夜微露的脆弱如同幻象湮滅。蘇離離「嗯」了一聲，蹭回枕上，拉了被子半蒙著頭。

祁鳳翔看了她片刻，見她安睡如故，忽然笑了笑，轉身出去了。拇指與食指摩挲著，指尖彷彿留著她手上柔滑的觸覺。

蘇離離一覺睡到過午，頭昏腦漲之狀大減。床頭放著一套絳色棉衣，她取來穿上。左腿上的傷倒不甚重，勉強可走動。掀開軍帳，薄雪點翠，旌旗翻捲，蘇離離慢慢走出數丈，便見校場上一隊人馬押著一人前來。那人五花大綁，風雪染花了面目，卻掙扎不屈。

蘇離離緩緩走到木欄邊，扶著高高的木樁，便見祁鳳翔白衣勝雪，負手立在場中，歐陽覃站在身後。祁鳳翔側頭看見她後，望了一會兒又轉過頭去。那人被押到他面前，跪在地上，口中猶自罵道：「奸賊，用詭計捉了老子，算什麼好漢。」蘇離離一聽，便知是趙不折，暗想：這人定不會降，今日必死。

祁鳳翔淡淡笑道：「我自討祁氏叛逆，關你梁州何事？無故前來犯我兵鋒，眼下怎講？」

趙不折大笑道：「世人都知道，祁氏殺兄逆父的叛賊是你！你倒有臉皮反著說。」

祁鳳翔也不怒，「大丈夫奔走天下，掃蕩四海，何懼人言。趙將軍驍勇，願降最好，不降則死。」

趙不折大聲罵道：「鳳眼賊，爺爺生下來就沒投降過！」

蘇離離聽得莞爾，歐陽覃皺了皺眉，祁鳳翔卻嗤笑一聲，忍著笑揮手道：「罷了，送趙將軍去吧。」兵卒扯起趙不折把他押下去，而他只是一路大罵鳳眼賊不止。刀光起處，身首異處，頓時折作兩截。

歐陽覃沉吟道：「雖然太子死了，京城那邊還有一番硬仗要打。」

祁鳳翔點點頭，「你即日提兩萬兵回駐京師，安頓局勢吧。」

歐陽覃遲疑道：「殿下，京師原是重地，對你極為重要，你派我回去，我本不當說什麼。只是末將出身微末，京城中的公卿士族，只怕不服。」

祁鳳翔並不看他，淡淡道：「給你兵馬是做什麼用的？我沒空跟那些腐儒舌辯什麼忠孝節義，但有不服，無論忠奸，一律滅族。總要先拿一兩個人做榜樣，這個度你自己把握。」

歐陽覃瞠目結舌，祁鳳翔徐徐回頭看著他道：「不然你有什麼好辦法嗎？」

歐陽覃細思片刻，搖頭道：「沒有。」

祁鳳翔悉心解釋道：「不是我不肯叫李鏗回京，他在雍州經營一年，地理熟悉；又才捉了趙不折，深知彼軍虛實，留在這裡於我有利。你在太子身邊數月，京中往來，也略知一二，由你回京最合適。我寫一道諭令給你，敕令不服者殺，你拿回去貼在京城九門，只說是我的意思就行。放手去做。」

歐陽覃大聲道：「殺便殺了，我還怕名聲不好嗎？何須殿下來攬這個罪名。我去清點人馬，明日就走。只是王公大臣好辦，皇帝家事難為，怎麼做，殿下還須給句准話。」

祁鳳翔想了一會，慢慢開口道：「我父皇其他的兒子小的小，沒用的沒用，若是沒人攛掇[20]他們送死，那就留下好了。太子府上的僕從侍婢可以留著，內眷子嗣，一個不留！」

歐陽覃道：「是。」轉身按劍而去。

祁鳳翔轉身看著蘇離離，慢慢走到木欄邊，隔著有碗口粗的木樁，伸出手背貼在她的額頭上，靜了片刻，笑道：「果然沒燒了，外面冷，出來做什麼？腿傷不疼嗎？」

他前一刻說到殺人，斬釘截鐵；後一刻問她傷病，溫柔周全。蘇離離望著他，有些蕭索悵然道：「追求這樣的東西，不會痛苦嗎？為父兄所猜忌，人倫離散，回頭又去殺別人的父兄妻子。毫無道理就把人殺了。」

「政治就是如此。妳不喜歡它，是因為它曾經讓妳家破人亡。」他仰望蒼穹，天高雲淡，緩緩道，「人的一生有許多不如意處要忍受，但千萬不可傷頹自憐。妳所有的夢想，一件一件去完成它；妳所有的敵人，一個一個去征服他。妳看到這一切都照著妳的想法一步步握

---

20 攛掇：慫恿。

在手中，心裡是絕不會痛苦的。這二十餘年來，我若有一絲一毫的鬆懈，就不可能走到今天這一步。」

見她默然無語，似有所悟，他垂下頭來微笑地望著她道：「至於人心，妳可以去洞悉它。然後善良地對待善良的，惡毒地對待惡毒的，必要時也可以惡毒地對待善良的。我對妳已經努力善良了，不要挑戰我的底線，讓我對妳惡毒！」

蘇離離驚詫地抬頭看著他，祁鳳翔冷笑，「妳心裡在盤算著走人吧？妳這人要走時從來不告辭，卻總喜歡討論這些深刻的東西。」蘇離離還未把作辭的話語斟酌出口，便被識破了，一時無言。

祁鳳翔的語調曼妙悠閒，又帶著無窮的壓力，「好好待在這裡，我知道妳如今視死如歸，妳也得知道我能讓妳求生不得，求死不能！」

蘇離離頓時失色，方才對他懷有的一絲勸慰之情也蕩然無存，退了兩步，轉身回去。祁鳳翔看著她離開的背影，因為受傷而一瘸一拐，毫不優雅，卻帶著決然堅定。他想叫她站住，想把她抱回去，默然一陣，卻又忍住了。

傍晚，軍醫又來幫蘇離離的腿傷換了藥，叮囑她多靜養。蘇離離懶懶地靠在床頭，暗想木頭不日會來找她。無論如何，她都得先把風寒腿傷養好才行。翻來覆去想了一回，和衣躺下，早早睡了。

拾陸・軍中談契闊

營中燈火初上時，祁鳳翔正握著一卷書在中軍靜靜地看。祁泰急行入帳，趨至他身邊，低聲道：「主子，江秋鏑來了。」

祁鳳翔放下書，淡淡道：「哦，發現他了？」

祁泰搖搖頭，「安排的人都沒用上，他從大營轅門進來的，哨兵通報要見你。」

祁鳳翔眉毛一挑，愣了片刻，方慢慢笑道：「他來得倒快。」

祁泰引著木頭，穿過重重營壘，到了祁鳳翔的中軍大帳。大帳裡燒著炭火，將冬日嚴寒隔絕在外。大案左右依次往下擺著整齊的八張大木椅，木頭在帳中站定，祁鳳翔並不起身，也不迎問，只微微抬了抬手，示意祁泰出去，祁泰躬身退出。

木頭抓過一把椅子，「砰」地放在正中央，淡藍衣裾一拂，坐了下來。聲不發而威，姿不移而嚴，淵渟岳峙，巋然不動。他目光皎皎，望著祁鳳翔，卻不說話。祁鳳翔等他開口，等了些時候，見他端坐不語，忍不住道：「你要見我，怎的又不說話？」

木頭緩了緩，才徐徐道：「你捉著我的老婆，想必是你有話要說。」

祁鳳翔眼尾的線條原有不可攀描的弧度，此刻一笑，微微彎起，舒緩而愜意，「我沒有話要說。」

「你有話說。你糧草已盡，加上關中大震，餓殍枕藉，無所劫掠，你想要那批軍資。」

祁鳳翔說得清晰，「我也想要她。」

木頭並不意外，神色也不嚴肅，或是淩厲幾分，只條理明晰道：「那麼你只好回京城去，著力經營兩三年，重整旗鼓，再問鼎天下。除去橫生的變故，要討平各方諸侯，七八年的時間或可成功。」

他話鋒一轉，「趙無妨現今在雍州邊上虎視，此役若能將他除去，一舉拿下梁、益富饒之地，與關中相連，則荊、襄、吳、越最多三年可平，大業可成。」

祁鳳翔一驚，「趙無妨在雍州？」

「不錯。雍州邊上的梁州兵馬名義上是趙不折領來的，實則是趙無妨主導。他喬裝在軍中，深居簡出，只是不讓人知道罷了。否則李鏗擒了趙不折，梁州兵為何潰而不亂？」

祁鳳翔心裡已知他所言不虛，仍沉吟道：「他既瞞得如此隱密，你又如何知道？」

「上月在梁州遇見後打了一架，言歡和徐默格都死在他手裡。」

中原戰場自古以來多是由北向南吞併。以黃河流域為主，西出巴蜀有崇山峻嶺阻隔，南下江陵有長江天塹橫斷。祁鳳翔已占據黃河沿線，若能打通梁州、益州，東南一隅無可抗之師。莫說三年，也許兩年就能一統天下。

戰機稍縱即逝，祁鳳翔全身的戰意都被點燃，但見木頭好整以暇，心裡藏著萬千軍資，卻用這戰局作餌釣他，不禁冷笑道：「你這是威脅我？」

木頭的眉宇之間是全然的簡潔疏朗，坦誠無欺，「我並沒有威脅你，這只是一個選擇。看你是要畢其功於一役，還是要離離。」他言罷，微抬下巴，眸子裡帶著三分了然，靜靜欣賞他眼裡的掙扎。

祁鳳翔躊躇片刻，緩緩搖頭道：「你若不想她死，最好將銀糧藏地說出來。」

「你的侍衛攔不住我。我之所以沒有悄悄把她帶走而是當面跟你說，一則是不願用這種手段來對你；二則是怕你當真惱火，後患無窮。」木頭說得平靜。

祁鳳翔看了他半晌，神色有些陰沉猶疑，似不願如此又不得不如此，帶著三分漠然的情緒，冷冷道：「我知道藏不住她。昨天餵她喝的藥裡下了西域奇毒。自後每月初服下解藥便與常人無異；若是沒有解藥，活不過當月十五。」他頓了頓，又道，「不要指望韓蟄鳴，他這輩子解不了的，就是這種毒。」說完手叩桌沿，靜靜欣賞他隱忍的錯愕與憤怒。

木頭吃了一驚，蹙了蹙眉，片刻之後卻靜下來細細打量祁鳳翔的神色。沉吟少時，他往椅背上一靠，略倚在坐椅的扶手上，淡淡道：「那好得很。我沒把握解她的毒，卻有把握殺了你；沒把握在一年內殺死，卻有把握在十年內殺死。你若沒想跟她同歸於盡，就讓她好好活著。」

祁鳳翔萬萬沒料到他會這樣說，搖頭嘆道：「你跟她在一起也沒什麼好，這副市井無賴的嘴臉倒是學得十足。」他笑了一下，循循善誘，「你是殺得了我，可又有什麼用？自己的老婆不也沒了？」

木頭微微挑眉，「我老婆沒了，你的性命也沒了。謀劃數十年的江山難免不讓別人坐去；天下悠悠之口難免不說你志大才疏，愛美人不愛江山，死於風流豔債。」

祁鳳翔額上的青筋隱隱一跳，咬牙不語。世人說他殘忍狡詐、陰險毒辣，那都沒什麼；若是讓江秋鏑為老婆而報仇把他殺了，必然淪為笑柄。

木頭淡淡一笑，「這也是一個選擇，看你心裡更看重自己，還是更看重她。」

祁鳳翔默然半晌，反問：「你以為呢？」

木頭正色道：「我以為，以你的智謀，不會做這種兩敗俱傷的事，你也沒有給她下毒。之所以這樣說，無非心裡氣不過。」

祁鳳翔的眼仁裡有種莫名的張力，藏不住惱怒之色，狠聲道：「江秋鏑，你當我捨不得殺她？」心裡激怒，當真殺機一動，蘇離離既是羈絆，又無心於他，留之何用？一時入了魔怔，蘇離離的樣子在腦海中一閃而過，縱然萬般可愛也失了纏綿心緒，只覺我得不到的誰也別想得到！

木頭見他發怒，心裡倒是一鬆，下毒之事想必是讓自己說中了，遂緩緩搖頭道：「你捨得殺她，卻不該是為了這個原因。」短短一句似涼水潑下，他的簡潔犀利，彷彿萬事都能迎刃破解。

祁鳳翔驟覺失態，反愣了一下，心中往復來回，如雪崖之上的獨坐參悟，茫然又帶著細碎的紛亂。倘若真的把蘇離離殺了呢？此生夜闌反側，他能不後悔？然而容她活著，又能做到江湖相忘？那些歲月裡的美好，都是為另一個人而舒展，自己這番心思又成了什麼？

如絲繩縈繞，剪不斷，理不清，祁鳳翔平生未曾如此難以決斷。木頭已慢慢接著說道：「譬如壯士赴死，一瞬之機，慷慨而去，與千古霸業同樣壯美；若是靜下心來衡量比較，瞻前顧後，就失去真意了。情愛也是如此，最經不得推敲，你稍一猶疑便是捨棄她了。她比不上你的大業，也比不上你自己。」

祁鳳翔理了理思緒，沉吟道：「人生並沒有這麼多選擇的時候，難道古今王侯都沒有白頭到老的？她和我所謀求的也並不矛盾。」

木頭道：「是不矛盾，她若跟著你，一輩子也未必會遇到江山美人難兩全的時候，可惜還有我。」

「你？你難道只為她而活，為她而死？」

「我為自己而活，卻可以為她而死。這一點你辦不到，你要的東西太大，你的命太重。你從一開始對她就沒有這個心，所以聽憑時日遷移，與她得過且過地來往。她斷然離開，也正因為她要的不是這個。用情之深沉專注上，你比不上我，所以你得不到她，又能怪誰？」

他說得平淡，毫無起伏，卻輕易激起祁鳳翔內心的波瀾。

見他沉默不語，木頭再逼一句：「你現在也可以帶她走，我絕無二話；你若憂心天下安危，我願意替你擔這個重擔，絕不毀了你的威名。否則當斷不斷，反受其亂。你意下如何？」

意下如何？十多年來的謀劃隱忍，大半的艱辛都度過了，如今勝利近在眼前，他怎可能拱手讓人？祁鳳翔驟然抬頭看著他，看了好一陣，緩緩搖頭道：「江秋鏑離了王侯之家還可以是木頭，祁鳳翔離了朝堂皇家就什麼也不是了。」

木頭微笑不語，心意卻輾轉繾綣。江秋鏑原本也什麼都不是了，幸而有棺材鋪裡兩年的時光，才學會做木頭。

祁鳳翔慢慢靠上椅背，冷笑道：「難得你想出這番說辭來。」

木頭淡淡道：「也沒什麼難的，我只想聽答案。」

祁鳳翔握拳虛抵在唇上，又看了他半晌，緩緩道：「我不要她，我要你。你留下來幫我。」說到「我不要她」，心裡似壓著千鈞之力，說完卻是一鬆。一念之間九百生滅，倒把塵世百味都嘗了一遍。

木頭神色不變，問：「你用什麼讓我答應呢？」

祁鳳翔放下手，率然嘆道：「什麼也沒有，憑你高興。」

木頭微微一笑，卻沒有說話的打算，祁鳳翔大不是滋味。

「我說，」他撫額嘆道，「你我也算是故舊知交，我邀你共謀天下也不是一次兩次了。你不置可否了四五年，就不能給句准話嗎？」

木頭笑得越發深了幾分，站起身道：「我要去找那批銀糧，現下便要帶她走。」

祁鳳翔斜睨著他，輕描淡寫道：「是在銅川嗎？」

木頭道：「不是。我寫了銅川，但不在那裡。」

「你故意的？」

「我就是不防別人也要防你啊，哪知道歪打正著。」

祁鳳翔拊掌笑道：「好極了，銅川那邊我布置了人。」

木頭微一訝異，恍然道：「那天跟的是誰？」

「十方。」

「難怪。」木頭轉身欲走，問，「我老婆呢？」

祁鳳翔微微笑道：「她腿上受箭傷，又著了風寒，今天才退燒。雖沒什麼大礙，卻還需靜養。這會兒只怕睡得正熟。」

木頭略一沉吟，點點頭，「好，她暫時留在這裡養傷，我三日後回來。」他說到「我三日後回來」時，運上上乘的內力，聲雖不高，卻如水波一般蕩漾開來，合營皆聞，合營皆驚。

蘇離離本睡得淺，此刻聽到他的聲音如從冥冥三界中傳來，驟然驚醒，翻身坐起。

祁鳳翔內力一陣激蕩，耳內低低轟鳴，心中大驚，不料他內功收發自如，精進至此。

木頭已轉身大步出帳，至中軍大門外牽了來時的馬。祁鳳翔起身跟至帳外，忽想起一事道：「你總要帶點人馬去。」

木頭頭也不回，道：「用不著。」馬鞭一揚，絕塵而去，留下祁鳳翔站在那裡，憑空多了幾分賞識之色，又混雜著惆悵。江秋鏑一派坦然地將老婆留在他這裡，義下於先，擺明是要絕他的覬覦之心。

身後的蘇離離踩上鞋子，瘸著腳奔出帳，叫道：「木頭！」木頭的背影已遠去，不一會兒掩入夜色之中。她茫然地望著他離去的方向，半是因為焦急，半是因為奔跑，呼出的氣在空氣中繚繞。祁鳳翔轉頭看了她一眼，冷冷道：「說了三天後回來。要不為讓妳聽見，也犯不著震得人頭暈。」

蘇離離回過神來，牙齒咬得下顎骨愈加清晰。她愣了愣，一步步走近他，眉不怒而挑，驚急之中大聲道：「我知道你在銅川布置了人！你又弄什麼陷阱讓他去跳！你怎麼就折騰不完呢？見不得我好是吧？祁鳳翔，你想逼死老娘還是怎麼的？」

她睜圓眼睛，眼仁像黑曜石的流光，這一副狠了心腸要發氣撒潑的模樣，卻是因為擔心他算計木頭。祁鳳翔看得怒從心頭起，惡向膽邊生，懶得廢話，劈頭蓋臉一頓罵：「難道我臉上寫著『壞人』？我是殺了妳還是害了妳？給他陷阱他就肯跳，他有妳這麼蠢？有那麼幾個心眼都做到破棺材裡去了！」

蘇離離被他突如其來地一罵，一時不知所措，但聽得最後一句，張嘴就回，氣勢不減，

「我做的棺材好得很，不是破棺材！」

祁鳳翔轉身就走，走了幾步，回頭見她還愣在那裡，空氣清寒間瑟瑟發抖，大喝：「滾回去睡覺，睡不著就瞇著！」蘇離離被他震得一抖，詫異地看著他大步而去。

這番發洩似的爭吵來得毫無緣由，一個為愛人的處境擔憂，一個卻是因為知道自己註定要失去了。

營裡許多人聽見木頭那句「我三日後回來」後，不明所以地爬起來詢問。見蘇離離與祁鳳翔吵架，四面竊竊私語。蘇離離看了看木頭離去的方向，默然想了一下，木頭行事向來謹慎周全，必是與祁鳳翔有了什麼勾結。他既說三日後回來，自己也只能耐心等著。

她放下狐疑，往回走兩步，又停住回頭看了看，方慢慢回到帳子裡。

木頭策馬一夜，天明趕到一處小縣。縣上房屋塌了大半，居民或死或傷，投親靠友散去了不少。城內人馬接住，徑往縣衙。莫大正在堂上高坐，拍著驚堂木過過官癮，木頭邁步進門時，他大大咧咧地一拍，道：「兄弟，你看哥哥有這官樣嗎？」

木頭將馬鞭交給小嘍囉，頷首道：「有。」

莫大哈哈一笑，站起身來走到堂下道：「找著離離了嗎？」

「找著了。」

「那怎麼不見？」

木頭正色道：「我暫時將她安頓在一個朋友那裡，回來正是有句話想對莫大哥說。」

莫大點頭，「岐山上面震壞了，難得前天在路上遇著你。你讓我來占著這破敗的縣城，是要我做縣官嗎？」

木頭搖頭道：「莫大哥可以做官，卻不能只做縣官。亂世之中，要麼做偏安一隅的小民，要麼做接濟天下的人物。縣官高不能成，低不能就，最是不得安穩。」

莫大聽了一知半解，卻躊躇道：「你是要我當大官？我肚子裡沒多少墨水，手下也只有不到三千人馬，我能跟誰比？」

木頭抬頭看著堂上斜掛的匾額，眼裡有種置身洪流的波瀾壯闊，氣韻輕健，吐字如斬釘截鐵般鏗鏘，「英雄不問出身，文墨可以學，兵少可以練。天下大亂之後必有大治，到時就做不成山賊了，你若不願退回去做平民，如今就得往前。你只告訴我，敢不敢？」

莫大似被他的神氣感染，驀然生出一股豪情，慨然道：「有什麼不敢，天下沒有我莫大不敢做的事！」

木頭朗朗一笑，「那好得很，現下便請眾兄弟跟我去做一件事。」

這兩天薄靄沉沉，天上的雲朵厚重而陰灰。祁鳳翔拿了一件自己的披風給蘇離離，一色的水貂毛皮，雖是舊物，毛色卻鮮明，表層亮得近乎透明。蘇離離成天裹著，也不敢走遠，就在自己住的帳子周圍轉悠。

她這天早上爬起來，緩緩地左轉一圈，右轉一圈，便見祁泰大步流星，端午飯給她。飯菜很簡單，蘇離離也不挑剔，只是叫住祁泰。

祁泰道：「蘇姑娘還有什麼吩咐嗎？」

蘇離離遲疑道：「木頭，就是那天晚上在營裡，說他三天後回來的那位江公子……你知道他去哪裡了嗎？去做什麼了？」

祁泰搖頭道：「這個我也不知道。」

「你就不能問問你主子？」蘇離離就是不鬆口。

祁泰想想，說：「主子是主子，他願意說的自然會說，不願意說的我們又怎能去打聽。」

蘇離離動之以情，曉之以理道：「我只是個女人，而且還被他關在這裡。他就是告訴我，我也翻不了天。人說死要死個明白，他把我家木頭支使到哪裡去了？大丈夫行事應當磊落，何必瞞著我一個小女子呢？」她哀婉之中帶著激動。

祁泰默了片刻，道：「姑娘就是知道了，也無濟於事，還是不必操心了。」說完轉身出去。

待他走遠，蘇離離表情一放，懊惱地拿起筷子扒飯。這祁鳳翔是個人精，連手下都練成精了。

祁泰繞過寬闊的校場，來到祁鳳翔中軍，正有親隨端了午飯進去。祁泰上前先用銀針試了，才端到祁鳳翔旁邊的食案上。祁鳳翔這才放下文書，又整了整大案上的筆墨，方淡淡問了句：「送飯給她了嗎？」

祁泰應道：「送了。」

祁鳳翔坐下端起碗筷，祁泰又拿來水杯倒了杯水給他，一邊倒一邊說道：「江秋鏑去了一日，下面也沒傳上來什麼音信。」

祁鳳翔慢慢吃著飯，細嚼慢嚥了一會兒，並不抬頭，問：「你想說什麼？」

祁泰一慌，「沒什麼，屬下……」

祁鳳翔不鹹不淡道：「你從小跟隨我，可知道在我身邊辦事，最重要的是什麼？」

祁泰想了半晌，道：「能幹，辦事有效率。」

祁鳳翔也沒加重語氣，輕描淡寫道：「老實。主子吩咐的事能辦好，沒吩咐的事不多辦。若是做不到這一點，越能幹的人死得越早。」

祁泰一驚，知他看出來，忙道：「屬下也是被蘇姑娘說了半天，才想幫她問問，絕不敢有什麼二心。」

祁鳳翔慢慢笑了，問：「她怎麼跟你說的？」

祁泰依樣說了一遍，不用看到，祁鳳翔也能想像出蘇離離當時的模樣，忍不住笑道：「你倒是生了一副俠義心腸，可惜看不出人家幾分真假。」遂吩咐祁泰道，「你一會兒過去看看，她若吃完飯，把她帶過來，我來告訴她。」祁泰應了。

蘇離離吃完午飯，正準備小憩片刻，祁泰來端盤子，順便把她請進祁鳳翔的大帳。大帳裡，祁鳳翔正站在地圖前，細細看著山川地形。身側站了一人，淡青袍子，斂袖肅容而立。她進去時，二人並未回頭。

蘇離離眼珠子一轉，便看祁鳳翔身邊那人，衣帶上掛了一個寸長的小棺材，底下垂著穗子，不由得大喜，脫口招呼道：「應公子！」

應文回過頭來見是她，一貫冷淡的神情也浮上幾分笑意，回揖道：「蘇姑娘好啊。」

蘇離離也回了禮，笑道：「應公子好。」

祁鳳翔臉色不佳。

應文側目看了他一眼，略抿了抿唇，並不說話。蘇離離見到應文時的幾分雀躍之情，對比見到自己時的見鬼之狀，怎不令祁鳳翔惱火。但見蘇離離身上裹著那件披風，和著棉衣，臃腫蹣跚，一張臉卻還是巴掌大，顎骨是令人心儀的弧線，祁鳳翔冷冷道：「妳老實待在營裡，不許再跟祁泰打聽江秋鏑的去向，否則他也沒有好果子吃。」

蘇離離眉頭一皺，嘀咕道：「你講不講理？祁泰大哥又沒說什麼，動不動就亂遷怒人。又要把我關著，又要我什麼都不知道，死也死不明白……」

祁鳳翔額角青筋一跳，道：「我要妳死了嗎？我不關著，妳倒是出去走走看，看妳能走多遠！」

蘇離離翻了白眼，慢悠悠道：「你找我來是要吵架？」

祁鳳翔驟然語塞，噎在那裡。蘇離離苦口婆心地勸道：「你的聲音是比我大，不過我可以罵得比你難聽。只是我現在睏得緊，沒有前天晚上的那股衝勁了，你實在想吵，改天約個時間再吵吧。」

祁鳳翔也不知道為什麼，現在一看見她就生氣，總是忍不下這口氣。他咬了咬牙，一步步走到蘇離離面前，蘇離離禁不住退了一步，被他一把捉住，逼近她低聲曖昧道：「妳過去跟在我身邊，耗子從貓般我見猶憐，讓我著實喜歡；如今裝出這副無所畏懼的模樣，放浪不羈，讓我越發喜歡得緊。」

蘇離離被他一捉早已縮成一團，聽得這句話，不由得滿臉愁容，哪怕他說要殺她，也好過說喜歡她。蘇離離欲哭無淚，一臉苦笑道：「你到底喜歡我哪一點啊，我現在改還來得及嗎？」

祁鳳翔看著她虛弱的模樣，想起她的種種言行，既無淑女之體統，又無烈女之氣節，怕死貪財，到底哪一點讓自己喜歡？想到在京城時，她逮著機會訛自己銀子，真是愛到心裡去了，神色一緩，「哈」地一笑。

蘇離離看他笑了，滿臉佯歡道：「是，是。」

祁鳳翔覷著她一臉狗腿相，擺明在應付自己，心下不悅，眉頭一皺，「哼！」

蘇離離不敢鬆懈，脅肩諂笑道：「是，是。」

祁鳳翔哭笑不得，鬆開她一揮手，「妳沒什麼本事，飯倒是做得還行，去，帶她到軍廚那邊，給我去做午飯。」

蘇離離聽他這一聲，巴不得趕緊開溜。祁鳳翔往她的腿上掃了一眼，惡聲惡氣道：「走慢點！」應文跟出來道：「我過去瞧瞧，她可別真去做飯了。」祁鳳翔點點頭。

應文出來追上蘇離離，蘇離離放慢腳步後，露出了無奈的表情，應文笑了。兩人慢慢往軍中大灶處走。應文道：「蘇姑娘這些日子過得可好？」

「還好吧，唉，」蘇離離嘆了口氣，「老遇到一些莫名其妙的事，甩也甩不掉。」

應文執起腰帶上墜著的小棺材，笑道：「蘇姑娘記得當日做這棺材時說的話嗎？」

蘇離離看了那棺材一會兒，釋然笑道：「說起來容易啊。」

說話間走到軍中做飯的地方，露天開闊處搭了幾片大棚子，兩尺寬的爐灶砌了一排。蘇離離一看傻眼了，把她放進大鐵鍋裡還能蓋上蓋子。伙夫腰圓膀闊，腳下還墊了塊大石，站在與鍋平齊的位子，揮舞著肘子，手上是一柄平時鏟土的大鏟子，配上那鍋倒是相得益彰。

蘇離離吞了下口水，支吾道：「應公子，我炒菜的時候要是不小心摔進去，你可要盡快把我撈起來啊。」

應文實在忍不住，搖頭笑道：「妳是揮不動那鏟子的，炒那一鍋菜，足夠近百人吃。這些菜還是我昨天從冀北帶來的，也只能支持個三五天。妳隨便做點小菜就是，不要太當真。」

蘇離離連連搖頭，「那怎麼行？你也聽見了，他讓我在軍廚這裡做飯呢。我要是不做，還不知他要怎麼對我呢。」

應文奇道：「妳當真覺得他是那種人？」

蘇離離低頭不說話，應文正色道：「蘇姑娘，妳我也算是不錯的朋友，妳能不能說句實話，妳真的對祁兄一點也不動心？」

蘇離離埋頭一會兒，方慢慢搖了搖頭，「應公子，人應懂得輕重取捨。他待我的好，我知道；可這個情，我實在還不起了。」她抬眼看去，地上的蔬菜邊放了隻年輕的公雞，不知是從哪間民宅裡搶來的，她問那軍廚，「師傅，能把這隻雞給我嗎？」

那軍廚一抬頭見應文在她身邊，點頭道：「行。」

應文見她避而不答，淡淡一笑，插話道：「把雞拔毛後開膛清理好，一會兒送到蘇姑娘那裡。」伙夫不敢怠慢，少時便將那隻雞收拾好送過來。蘇離離端詳片刻，那公雞神容安詳，死態端莊，收翅光皮縮在盤子裡。

蘇離離躊躇片刻，欲要脫掉大衣，挽起袖子分屍。應文道：「妳風寒未癒，我叫人來切吧。」

蘇離離擺手道：「要不，你幫我把這隻雞切成小塊吧？」

應文皺眉道：「我沒宰過這些，君子遠庖廚，這個……」

蘇離離嗤笑一聲，「什麼君子遠庖廚？沒有庖廚，君子有飯吃嗎？讀聖賢書是經世致用的，別把自己弄得太神聖了，用這一套來裝模作樣擺身分。一雞尚不能宰，何以宰天下？」

應文被她一番鼓動，也覺新奇，點頭道：「說得有理，我今天就試試吧。」說著，挽起袖子，繫了圍襟[21]，手舉菜刀，不知從何下手。蘇離離指點他順著脊骨先劈成兩半，應文到底聰明，一點就通，方位準確，只是力道小了點。

蘇離離道：「使勁宰，你還怕砍疼它啊？」

應文嘆道：「殺雞不易，想必殺人更是不易。」

「嘻，」蘇離離嗤笑，「你們這些王孫公子，未必沒殺過人，只是不用親自動手罷了。」

「也是，妳親自殺過人嗎？」

21 圍襟：圍裙。

蘇離離不禁想起京城城破那天，她孤身在亂兵中奔走。一個士兵捉住她，她想也沒想便將菜刀砍進他的脖子，深深地嵌在那人的脖子上。祁鳳翔一箭射穿那人的腦袋，評曰：「砍得俐落，只是下手驚慌。」

那是她第一次殺人吧。奇怪的是，這麼久以來，她竟從未想起，心底也從未有過恐懼或是道德的責問，彷彿殺那個人天經地義。人性在無所依傍時，就會失去原則，所以置之死地而後生。

這一營的火頭軍總領是個五十上下，留了一臉鬍渣的老伯。他端了蘇離離要的砂鍋進來時，便見蘇離離端坐一旁，一臉若有所思的玄妙；應文揮刀斷翅，露出一臉比雞還痛苦的神情。

軍中缺佐料，原也做不出什麼精細的東西。蘇離離把雞塊過水，一杯醬油，一杯食油，一杯白酒，幾縷野蔥蒜瓣，放進小砂鍋裡文火[22]收汁。燒出來的雞塊色澤紅潤，又不失原汁原味，有種純粹的鮮香。蘇離離自己聞著香，先偷吃兩塊，心道：老子再小心伺候你一天，反正木頭明天不回來，後天也該回來了。

晚飯時，她將這盤菜端到祁鳳翔的帳裡，祁鳳翔打量兩眼，抬起眼皮不冷不熱道：「這

22 文火：小火。

是贛州一帶的菜肴，叫三杯雞。妳在哪裡學的？」

蘇離離連連點頭，「銳王殿下真淵博，我從菜譜上學來的。」

祁鳳翔溫柔地笑，「妳挺好學的啊，坐下，就在這裡吃飯。」

蘇離離知道推辭無用，也就坐下了。祁鳳翔用筷子扒了一下，又仔細看了看，道：「這雞塊真是切得鬼斧神工啊！」

蘇離離微笑，「刀工不好，刀工不好。」說著也夾了一塊，祁鳳翔筷子一抖，把她剛夾起的雞塊敲掉，「我記得妳切的筍絲勻稱細緻，不是這副樣子。用力弱而不足，下刀準而有度。可見其人沒有用過刀，但心思還算聰敏。這是應文切的。」

他兀自笑道：「應文家裡的廚子比妳見過的還多，妳居然騙他做這樣的事。」

這人長的是什麼腦子，蘇離離又夾了一塊，也考究道：「據我看來，是我風寒初癒，手上無勁……你！」

祁鳳翔再次敲掉她筷子上的雞塊，仍然溫柔地笑，「妳風寒初癒，手上無勁，吃不得雞，還是吃點清淡的吧。」

蘇離離這頓晚飯吃的是軍中伙夫做的粗糙飯菜，看著祁鳳翔一塊雞一口酒，把自己一下午的成果都吃下去，還悠悠一嘆道：「我自到雍、梁領兵，就沒吃過這麼好吃的菜了。」

蘇離離下定決心，今夜回去，無論如何都要幫他扎一個小人！

這頓飯吃得蘇離離很不舒服，面前的菜不好，人也不好。勉強挨到他吃完，看他漱了口，洗了手，撤了碗盞，蘇離離輕咳一聲，「天黑了，我睏了，可不可以回去了？」

祁鳳翔微微瞇起眼打量她，「想走？」

蘇離離點頭。

「我看妳沒怎麼吃飽，要不讓他們再做點什麼來吃。我這裡人吃的東西不多了，馬吃的東西還有不少。」他無害地笑。

蘇離離無奈道：「多謝好意，可惜我沒有馬這麼好的胃口啊。」

祁鳳翔轉身，從大案底下拿出一個尺長的花漆盒子後，走到蘇離離坐的墊子旁，把盒子遞給她。蘇離離遲疑道：「這是什麼啊？」

祁鳳翔黝黑的眸子漾著水一般的光澤，於燈光掩映之下映著她的影子。他把盒子拿到耳邊聽了聽，又小心放下，道：「昨日他們在山上打到幾條草蛇，現在聽聽彷彿是捂死了，妳明天拿去做個蛇羹來吃吧。可不許扔了！」

蘇離離往後一縮，靠到帳子上，「我不要！蛇羹我可做不來！」

祁鳳翔一把拉過她的手，將盒子塞入她手中，不冷不熱地命道：「叫妳拿著就拿著，現下人馬都缺糧草，給妳找吃的也不容易。拿好了，滾吧。」

蘇離離捧得手都要抖了，相比之下，還是祁鳳翔更可怕。迫於淫威，她端著盒子逃也似地滾了。祁鳳翔看她把那盒子端得要多遠有多遠，待她出去，不由得大笑起來。

蘇離離捧著花漆盒子回到帳子裡，先放在地上，抬頭四顧，找了個大銅壺壓在上面。爾後屈膝跪在地上敲了敲，沒有聲音。靜了片刻，又敲了敲，還是沒有聲音，想必都死硬了。無論裡面裝著何種東西，她都決定把她拿去扔了。盒子還得留下以備祁鳳翔明日找碴。

蘇離離將油燈挑亮，放到一旁，小心翼翼地揭開漆盒蓋子。墨子酥、百果餅、棗泥糕、山楂鍋盔整齊地排了一盒，少而精，飄著糕點的香甜，出自京城最大的點心鋪「三味齋」。

蘇離離愣了半晌，緩緩將盒蓋放下。在寂靜中拈起一塊墨子酥咬下，黑芝麻的純香在舌頭上瀰漫開來。

第二天，祁鳳翔出營去了，直到第三日午後才回來。傍晚將黑不黑時，陰沉的天空飄起鵝毛大雪，祁泰來請蘇離離到祁鳳翔的帳裡去。蘇離離提早吃了晚飯，不知他此時相請是為了何事，也不能不去，便裹著那件貂皮披風出來，冒著風雪到他帳子裡。帳側的一張矮几上放了個酒杯，旁邊燙著酒。

祁鳳翔一招她，「來坐。」他目光淺淡，態度平靜，蘇離離心裡明了，便安安靜靜地走到小几旁的墊子上坐下。祁鳳翔端詳她片刻，笑道：「不錯，這兩天不像餓著的樣子。」說著指點桌面，「今天下雪，忽然想喝酒，所以請妳來喝一杯。」

他舀上一杯熱酒，蘇離離不由得想起那次年三十，她孤身隻影，在蘇記棺材鋪的院子裡，他不請自來，與她喝酒的情形。蘇離離握著杯子，沉吟不語，祁鳳翔卻兀自飲盡一杯酒，笑道：「妳不善飲，至少喝一杯吧。」

蘇離離看著他，緩緩舉杯道：「我確實不會喝酒，只這一杯。這杯酒敬你，還是祝你得償所願吧。」她仰頭喝盡，酒味醇香熱辣，從咽喉直滑到胃裡。

祁鳳翔的心似是一沉，落在優柔酸楚之中無法自拔，反笑道：「妳知道我所願的是什麼？」

蘇離離搖頭，「我沒有必要知道。」

「妳應該知道，妳跟我在一起，我不會害妳。我會對妳好，好到我可以做到的地步，可是妳沒給過我機會。」

「不是……」蘇離離不穩地抗辯。

祁鳳翔伸出左手，手上的那個刺傷始終無法消除。他的聲音如夏日小河中的流水，平緩卻涓涓流動，拂過她心底最細微的感知。

「我那次在船上逼問妳，問到最後自己下不了手。本想就這樣算了，先把妳晾在一邊，可是妳那一箭之後，事情就有些失控。我甚至想過把妳留在身邊，然而在變故之下，又不得不把妳送走。」

他把手輕輕放在桌上，「我在豫南想來想去，覺得情之一字是個羈絆，當斷則斷。便和傅家結親，一則借勢，二則忘懷。等我回到京城，十方說妳去了棲雲寺，我聽他把你們的對話說了一遍，又忍不住想見妳。覺得即使是做尋常朋友，時常看見妳也是好的。」

祁鳳翔語音突地一沉，「妳讓我救于飛，我既答應了妳，千難萬難又怎會不救？妳那天來找我的時候，于飛雖沒死，也還沒活；我也想讓妳明白，我身處之境殘酷凶險，不能婦人之仁，所以沒有告訴妳。我想妳再見到于飛時自然能明白，可妳對我一點耐心也沒有，妳信不過我，妳那一走我是很生氣的。」

蘇離離打斷他道：「我不完全是因為于飛才走的。」

「那是為了什麼？」

蘇離離不答。

祁鳳翔微諷道：「妳有什麼不敢承認的？」

蘇離離慢慢抬頭，「那我為什麼要留在那裡呢？你把我當作什麼？」

祁鳳翔頓了頓，一抹傷情轉瞬即逝，靜靜道：「先前，妳跟趙無妨說《天子策》在我手裡，我只能將計就計把這件事傳出去，讓父皇囚我罰我，降罪於我，讓太子覺得我大勢已去，放鬆麻痺。彼時我自己不安全，妳在我身邊也不安全。我本可以讓徐默格把妳抓回來，妳只是一個平民女子，我有無數種法子可以占有妳。可是妳看，我府上的人，如今不是被殺得一個不剩了？」

「我沒把妳捉回來，不是因為我不想要妳，不是因為我要不了妳，而是為了不讓妳受傷害，可妳偏偏遇見了時繹之。時繹之武功太高，徐默格告訴我，妳跟著他去了三字谷，我知道我已經捉不住妳了，有可能永遠也捉不住了，就像用手去抓住水一樣，妳總要從我的指間溜走；就像看見一場緩慢推進的敗局，卻無能為力。妳知道嗎？這是我一生中從未有過的感覺。」

蘇離離被他平靜的語調激得百味雜陳，從心底湧到眼中，「你明知木頭一直都在三字谷，但我那時問你，你卻說你不知道。」

「他讓我別說，因為他那時易死難生；我也不想說，因為那時的我已經覺得妳有意思了。可惜妳怕燒手，到頭來卻燒了我的手。」他淡淡搖頭。

蘇離離輕聲反問，「燒了你的手？我那時候連個親人和朋友也沒有，你騙我，還利用我，我怎敢靠近你？我不知道你在想些什麼，總在剛讓我覺得有些好感的時候，又突然給我一個打擊。這個把戲你玩得樂此不疲，我應付得捉襟見肘。」

她的聲音漸漸激越，「明知趙無妨這樣狠毒的人在覬覦《天子策》，是什麼讓我敢放下唯一依傍的鋪子，孤身去涉險江湖？你若在那一天暗示我、告訴我，沒有什麼難關會過不去，沒有什麼危險值得我害怕，讓我覺得安全，我也不會走。可你說了什麼？」

蘇離離停頓了一下，慢慢搖頭，放緩語氣道：「我見過太多變故，這輩子只想求個安穩。是我太渺小，猜不透你這顆懷柔天下的心，配不上你這種深厚的情誼。」

祁鳳翔突兀地做了手勢，似乎想說什麼，又似乎想制止她繼續說下去。剎那間有眼淚從蘇離離的睫毛滾落，滄海明珠般剔透，跌碎在地上，是最斑斕的悲傷。有一種眩惑，讓他短暫失神，祁鳳翔伸手摸著她的淚，似問似答：「為什麼哭了？」

蘇離離闔上眼睫，淚珠被擠落眼眶，卻不說話。他忍不住將手偎上她的臉，回想那種細膩。蘇離離驀地一驚，側身避開了。

祁鳳翔放下手，固執地追問：「是為了我們而哭嗎？」

蘇離離拭去模糊的淚水，仍是不答話。

「恨我嗎？」她越是沉默，他越是想知道。

蘇離離搖頭。

祁鳳翔遲疑了一下，又問：「那會愛我嗎？」

蘇離離仍是搖頭。

祁鳳翔靜靜注視她片刻，問道：「那麼現下，妳無論如何也不會回頭了，是嗎？」

「是。」她毫不猶豫地回答。

他點點頭，良久嘆息道：「既然如此，我心裡不高興，」語調帶著三分惆悵，三分溫柔，「所以那天餵妳喝的藥裡，給妳下了毒。」眼裡還留著抹不去的愛憐。

蘇離離錯愕地瞠視他，見他臉上恢復難以捉摸的神情，她半晌一笑，卻非真笑，「哈！我方才說過什麼，你總在讓我有點好感的時候就給我一個打擊。」

祁鳳翔淡淡地笑了，「看我什麼時候高興了，就把解藥給妳。沒給妳之前，妳只能每月服一次解藥，壓制藥性。」

蘇離離霍然站起身，「你用我來威脅他？」

祁鳳翔豎起手指放在唇上，優雅不改，似想制止她的激動，笑道：「不錯。我怎能白白放了妳呢？」

蘇離離伸手按著桌面，「你說，若我願意跟你在一起，你會對我好，好到你可以做到的地步；我不願意，你轉眼就給我下毒，你這叫愛我？」

祁鳳翔徐徐點頭，「實是沒有一個女人讓我愛到如妳的地步。」

蘇離離微微搖頭道：「若是愛著一個人，無論他如何，都不會去傷害他。」

「愛而不得者，另當別論。」

蘇離離憤然道：「放屁！」

「我說錯了嗎？」他虛心地問。

蘇離離頓了頓，也諄諄教導：「世上的一切都可以用來權衡，都可以拿來利用，唯有感情不能。你拿感情來當籌碼，也就只配得到那樣的感情！我不願意跟你在一起，再來一百次我也還是會走，因為這是你活該！」

她眉尖微蹙，淡若遠山，是永遠看不厭的蕭疏墨色，七分的憤恨卻藏不住三分虛弱，一如她離開時的脆弱，握著他的手流淚。在言歡的繡房裡，她無奈道：「我叫離離，就是離開這裡的離。」

祁鳳翔想笑，默默肅了神色。人的一生中有許多時候，可以淡然地裝扮，卻總有那麼幾次，不得不動容觸懷。四目交接，有激湧的情緒無處安放。他霍然站起身，將蘇離離拉過來。動作強硬而粗暴，抓住她的手臂，掐得用力，她卻渾然不覺。

他以近距離看著她的臉，她臉上的淚痕未消，像將要融化的蠟人，搖搖欲墜。祁鳳翔的眼中是難以闡述的情感，橫波瀲灩，熱烈而失落；蘇離離僵著手臂，眼中有倔強與難過。他捧著她的臉，看了片刻，托著她的頭，緩緩將一個吻印在她的眉心。

蘇離離用力推他，避無可避，卻不願再將淚流得肆無忌憚。溫存的觸感讓她咬緊唇，有種瀕死的難過，像洪水淹過全身，像曾經溫柔的對待瞬間疊加起來漶漫[23]。她的抗拒令他索

23 漶漫：東西損壞到無法分辨。

然，雖吻著她的肌膚，卻如隔萬里。

祁鳳翔鬆開她時，神色已冷淡漠然。他抓住她的手腕，一把將她拖出大帳，走得快而堅決。鵝毛大雪於夜色中漫天飄飛，蘇離離由他拽著，不覺腿傷會痛、雪花會冷。一路走到大營中心的營場上，人流往來，莫大指揮著手下山賊將糧草搬運到營中。

清寒的空氣裡，木頭站在一側，卓然如夜，沉默疏離。雪花飄到他的頭髮上，留戀地摩挲片刻，滑落在地。他聽見身後的腳步聲，回過頭來，眼光一掠，凝結在蘇離離的身上。祁鳳翔驀然站住了，蘇離離的精神漸漸凝聚起來，浮世大雪紛飛，聚散飄落，卻有木頭的堅定，是可以把握的真實。

她甩脫祁鳳翔的手，朝木頭奔去。木頭一把將她抱住，像回到闊別許久的家，蘇離離伏在他的肩頭痛哭起來。木頭微微錯愕，凌厲地望向祁鳳翔，卻辨不清他是狠是絕，默然轉身離去。

不是因為不想要，不是因為搶不到，而是那個人的心不在這裡。世間最容易執著的是感情，最不能執著的也是感情。他獨自走著，便不用把別人的悲喜背成自己的悲喜，孤獨，卻無可畏懼，所向披靡。

這一段路，祁鳳翔將指甲捏進手心，始終沒有回頭。

木頭看著他離去的身影，臉色漸漸和緩，放下驚疑，抱著蘇離離，輕撫她的背，於長空落雪中輕聲哄道：「不怕他，有我在。」

莫大的人馬紮營在十里外，布置嚴整。木頭算著給祁鳳翔的糧草，多出來的都屯在莫大的營裡。時常有難民經過，睏餓不起也施捨一點，雖是陳糙米，能不餓著就好。於是便有難民盤桓營外，男的願來入伍，女的願來煮飯洗衣。木頭擇優而錄，令李師爺造冊，一應營務按行伍要求。

第三日雪停，陽光映著薄雪，一片銀裝素裹。木頭一早快馬到了祁鳳翔的大營，立馬轅門，徑入中軍。祁鳳翔正站在地圖前，看了他一眼，又轉頭看圖。

木頭摸出一支玳瑁簪子遞過去，「這是你那天給我的。」

祁鳳翔接過來，拿在手裡看了看，問：「另一支呢？」

「在離離那裡，她可能忘了，我也沒跟她要。」木頭答得輕巧。

祁鳳翔看著簪子，忽然想起那個典故，樂府詩《有所思》裡，講男女定情，男子送了一支雙珠玳瑁簪給女子，後來男子負心，女子將簪子砸毀焚燒，當風揚其灰。愛與恨都是一線之隔。彷彿是一個隱喻，他本懷著幾分調戲之心將簪子送給她，卻忘了故事本身的結果。祁鳳翔握著簪子，有些愣怔。

木頭打開背上的包袱，取出烏金匣子，「她倒是說把這個給你。」

祁鳳翔看著桌上的匣子，從懷裡摸出一把同樣烏金的三稜鑰匙，手懸到半空時卻停了停，把鑰匙輕輕放到匣子上。兩人都瞪著那匣子不語，半晌，祁鳳翔忽地一笑，問：「想看看裡面是什麼嗎？」

「唔——」木頭沉吟片刻道，「有點好奇。」

祁鳳翔猶豫片刻，也笑道：「我也挺好奇，但是我現在不想開。」

「為何？」

祁鳳翔默然半晌，決斷道：「這樣吧，鑰匙還是放在我這裡，匣子你們收著。若我有朝一日平定天下，四海歸服，再來看這《天子策》，讓它名副其實。」世人碌碌，只因所求有限。祁鳳翔獨有一種淡然篤定，半是決心，半是從容，因其所求宏大。

木頭會得他意，道：「好，待你功成之日，奉上為賀。」

祁鳳翔拈著那鑰匙輕點在桌面上，道：「你當真絕了功業之想，不願位居顯赫，萬人之上？」

木頭扶案，默然想了想，道：「我從未想過位居顯赫，只因我家世過去已經夠顯赫。」

「不錯，你父親是異姓王，我父親只是邊疆守將。」

木頭雙目濯然，「功業之想大多一樣，目的卻不同，有的人只為禦敵平寇，有的人為了權勢地位。我取前者，你要兩者，本就不同。人世功名有憂有樂，我不堪其憂，你不改其樂，更是迥然。你不必猜疑什麼。」

祁鳳翔搖頭而笑，「又自作聰明，我若猜疑你，就不會這麼簡單放了離離。要說看透人心，你不及我，你只勝在坦率無求。無求故而不失。」

他說到蘇離離，木頭聲音清越道：「她說你給她下了毒。」

祁鳳翔眉頭一皺，轉瞬又舒展開來，似笑非笑道：「你不是不怕嗎？放心，我不想跟她同歸於盡，下沒下毒都死不了。」

木頭似有所思，覷了他一會兒，傾身向前，低聲道如此如此。

祁鳳翔冷睨他半晌，「你這不是拿我做惡人嗎？」

木頭道：「反正都做了惡人，也不妨多做一會兒。」

祁鳳翔咬牙切齒一笑，正要說話，木頭搶先道：「我來是想問你，趙無妨怎麼解決？」

祁鳳翔沉吟道：「他才在雍州失利，只怕要往回逃，必須分兵切斷他的退路。」

「然後？」

「最好是圍在石泉一帶。」祁鳳翔皺眉。

木頭也皺眉道：「圍點打援不合適。你的戰線已經拉長，時間就不能拖久。否則南、北邊的都有可能從冀州下手，把你和歐陽覃分割包圍。最遲一個月就要把趙無妨解決。」

祁鳳翔道：「我有一個想法。」

木頭道：「我也有一個想法。」

祁鳳翔笑道：「你說。」

「我從趙無妨左側，你從趙無妨右側，穿插包抄，合兵在他背後，讓李鏗帶兵從正面壓過來。三面包圍，我們三路切割他的人，最好不要圍城對峙，能消滅多少就消滅多少，讓他勢單力孤，最後好解決。」

祁鳳翔拊掌道：「正合我意。若梁州有援軍呢？」

木頭想了片刻，道：「梁州的背後是益州，你可以想想法子？」

祁鳳翔大笑道：「越發說到點子上，我正要讓應文出使益州，約他們合擊趙無妨，令他首尾不能相顧。事不宜遲，大家分頭行動吧。」

木頭回到莫大的營地時，蘇離離正和莫大說著什麼。隔著厚棉簾子的帳子，蘇離離輕輕打了個哈欠，歪在椅上，無奈道：「莫大哥，這樣子是不行的。」

木頭自外而入，奇道：「什麼不行？」

蘇離離眼睛一亮，坐起身來，嬉笑道：「你問他。」

莫大焦躁躊躇，撓頭道：「我……我想……想跟莫愁……」

木頭已明其意，一面解下包袱放好，一面一本正經道：「想跟她做什麼？」

莫大憋了半天，憋出兩個字，「求親。」

蘇離離已經笑得彎起腰，木頭也忍不住笑道：「你們認識也不短了，又無父母長輩，談婚論嫁自然得很，你這副樣子倒像才剛認識她似的。」

莫大一臉苦相道：「我知道，我知道，可是……可是我們都沒提過。」

蘇離離嬉皮笑臉道：「既沒提過，那就這麼過一輩子也不錯，反正兩人在一處。」

莫大瞅著她，半晌假笑道：「我知道你們……哼哼……哼哼……」

木頭皮笑肉不笑地走近，問：「我們怎麼？」

莫大猶豫半晌，不敢以身抗暴，閉目道：「沒什麼沒什麼，可我該怎麼跟她說呢？你們是過來人，給我出個主意。」

蘇離離將眉一豎，「誰過來了，我可沒過來，誰過來了你問誰去。」

莫大轉向木頭，「兄弟，你要幫我。」

木頭忍著笑道：「我也沒求過親，是她跟我求的。」

蘇離離聞言變色，欲要反駁又不好反駁，忍了忍，轉而笑道：「不錯，我沒費什麼勁，就把木頭娶進門。你就直說，莫愁，我要娶妳。」

木頭臉色一暗，悶悶道：「你不會說，讓離離說也成。」

莫大似下定了決心，握拳道：「不，我得自己跟她說。」

木頭點頭道：「這就對了，拿出你挖墳掘墓的勇敢，打家劫舍的果斷，現在就去跟她說吧。」

「現在？」

蘇離離讚許道：「現在雲開天晴，大地回春，正是求親成婚的好時機。機不可失，失不再來，莫大哥千萬要把握。」

莫大被他二人一推一抬，也點頭道：「好，好，我去，我現在就去。」說罷，轉身掀起簾子出去了。

蘇離離把腳靠近地邊的柴火，微笑地看著莫大的背影。木頭一把抱住她，惆悵道：「今後我們開的棺材鋪要叫『江記』。」

蘇離離露齒一笑，斷然道：「不行。」

木頭正色道：「出嫁從夫。」

蘇離離曉之以理，「你說過自己是上門女婿，得聽我的。」

木頭猶豫了一下，「那叫江蘇記……」

蘇離離望著他玩笑時的樣子，淡淡一笑，沒了鬥嘴的興致，攀著他的手臂，將臉貼在他的肩膀上摩挲兩下，懶懶道：「說這些也太遠了，我還不知道活不活得到那時候呢。祁鳳翔怎麼說？」

木頭見她面有憂色，道：「他暫時不要《天子策》。」又解勸道，「我昨夜把妳的脈，只是虛寒未除，並沒有中毒的跡象。」

蘇離離愁道：「哼，老娘還不想給呢。他說韓先生解不了這種毒，不發作的話也看不出來。我怎麼這麼好命，連這種奇怪的毒都中了，就是中不了京城第一彩券行的蒙彩。」

木頭摟著她的腰，「不如請莫大哥送妳回三字谷，讓韓先生看看。」

蘇離離想了想，道：「你不跟我回去？」

木頭搖了搖頭。

「祁鳳翔威脅你？」

木頭仍是搖頭，「我還是想殺趙無妨。」

蘇離離沉默半晌，輕聲道：「木頭。」

「嗯。」

她抬起頭，「我不欠他的。」

木頭一愣，明白她意下所指，道：「他到底沒有為難妳，這個情我領。」

蘇離離提醒道：「他給我下毒。」

木頭猶豫了一陣，緩緩道：「他有那麼蠢？給妳下毒能得到什麼？世上哪有什麼毒可以吃下去還跟常人一樣？」頓了頓，又解釋道，「當然，我也不能完全確定，妳還是回三字谷去看看好。」

蘇離離看了他片刻，低低道：「好吧。」

她手指撫摸著他的衣襟，將額頭抵在他的下巴上。兩人默然相擁，各懷心事，萬般的情由縈繞心底。

「木頭，倘若祁鳳翔真的給我下毒，你怎會善罷甘休，還與他一起商議除掉趙無妨？我知道你怕我不安全，想讓我回去。可你放不下我，我也放不下你啊。」

「姐姐，程叔待我們的好誰也不會忘，不除趙無妨，此生不安心。祁鳳翔沒有給妳下毒，但他未必沒有這樣想過。我助他一臂之力，是謝他放過妳，也是償我舊時之志。」

彷彿萬葉千聲在身邊零落，蘇離離抬起頭，柔柔一笑：「你想做什麼就做吧，我會陪著你的。」木頭清明的眸子漸漸含滿笑意，他俯下頭輕啄她的唇。蘇離離如貓一般瞇起眼睛，細碎親吻。木頭平日算得上沉默溫順，一俟親近，即刻狼變，按著她的頭用力吮上去。

只聽「哎」的一聲，兩人忙分開，同時扭頭看去，莫大站在門口咽了下口水，莫愁站在旁邊有些尷尬。

蘇離離掙開木頭，怒道：「你做什麼呀？」

方才的情形激勵了莫大，轉頭叫道：「莫愁！」

莫愁嚇了一跳，怪道：「你到底要說什麼？非得把我拉到這裡。」

莫大一看見她的面龐，又開始結巴：「那個……外面人多。」

木頭皺眉道：「別跑題。」

莫大連忙點頭，「是是，他們剛剛指教我了……不是，是我想說。」

蘇離離撫額，「說重點。」

「好！」莫大一把拉住莫愁的胳膊，「我們成親吧！」

蘇離離小聲道：「這也說得太直接了。」

木頭說：「噓——」

莫愁震驚地看著莫大，兩人瞠視著誰也說不出話。片刻後莫愁低聲道：「那年你殺老大王救我，兄弟們就要你娶我，你為什麼不肯娶？」

莫大撓頭，「我……我救妳確實不是那個……我當時沒那麼想過……」

莫愁突然扭捏起來，低頭握著自己的雙手，更低聲道：「要是換個人，等你想起來，早就嫁給別人了。」她捂住臉哽咽道，「我等了三年才聽到這句話。」

莫愁笑著，卻湧上淚意，瞟見蘇離離嬉笑的神色，身子一扭，跑了出去。

莫大嘆：「哎……這到底是願意還是不願意啊？」

木頭無奈地搖頭，蘇離離失笑道：「你追過去接著問就知道了。」

莫大躊躇片刻，飛一般地奔出去，蘇離離拉著木頭的手道：「莫大哥這人，對某方面也太不明白，說好叫心無邪念，說壞叫呆若木雞。」

木頭一笑，「他要是明白，也不會這麼多年都看不出妳是女子。」

是日午後，人馬飽食，祁鳳翔也不多耽擱，撥了三千輕騎兵給木頭，自己領了三千走了。他在臨走前來到莫大營外，蘇離離遠遠地站在帳門邊，手掀簾子看他二人說話。祁鳳翔仍是那身鎧甲，微微從馬上傾身而下，不知與木頭說著什麼。頭盔上的白纓垂下，被風拂到頰邊。輕浮的飄穗與他篤定的目光相融合，鮮明生動。他不可能沒有看見她，卻自始至終沒有看她一眼。

木頭最後點了點頭，祁鳳翔直起身掉轉馬頭去了。木頭待他遠去，方低頭看了看手中的兵符，鎦金閃耀，是權力的光芒，昔日的舊鄉，三千人馬的責任。沉默中有許多往事浮光掠影般劃過。

木頭將兵符揣進懷裡，回頭見蘇離離慢慢走過來。他迎上去站定，蘇離離問：「你什麼時候走？」

北風把她鬢角的一縷碎髮吹亂，木頭伸手幫她理到耳後，道：「我馬上就要走，我跟莫大哥說好了，讓他明天送妳回三字谷，送到了再回來。」

蘇離離點點頭，「你萬事小心。」

木頭給她一個沉穩的眼神，「好。」

蘇離離又想了一會兒，有許多話想說，卻不知從何說起。半晌方道：「我在三字谷等你。」

木頭道：「好。」

蘇離離又站了一會兒，卻找不著話說。木頭緩緩拉了她的手，笑道：「放心。」

「你這麼大個人了，不比當初落難到我門前，我有什麼不放心的。」她莞爾一笑，「你忙你的，我去睡個午覺。」

木頭點頭，「照顧好自己。」蘇離離應了，先轉身回去。莫大自打中午跟莫愁表白，一下午就沒正常過，兩人都瘋瘋癲癲不見人影。

蘇離離躺回床上，卻一點也沒睡著，輾轉良久，耳聽騎兵馬蹄聲出營，她爬起來直追到營門口，但見一路絕塵。

蘇離離愣愣地望了一陣，傻笑起來，慢慢轉過身來。身後有人叫道：「妹子，大妹子。」她站住四面看去，營周圍欄邊，一個黃麻短衫的婦女，頭上裹著頭巾，欲辨未明地打量她。

蘇離離細認了片刻，方認出她是雲來客棧的老闆娘，叫道：「大嫂。」

老闆娘這才敢挨上前來，三分愁苦，三分笑容，道：「真是妳啊妹子，我看見這些兵就怕，都不知怎麼辦才好。妳怎的在這裡？那位小兄弟呢？」

蘇離離笑了笑，「他有點事不在這裡，大嫂怎麼到這裡來？」

她這一問，倒把老闆娘問得眼眶一紅，哽咽半晌，抹了抹淚道：「我家的客棧震塌了，都埋到地下去了。你們給的銀子也埋到下面了。我好不容易才跟著人逃難出來，走了大半個月，也不知道這是哪裡，要什麼沒什麼。昨天聽人說可以從這個軍營裡討到吃的，我……我就過來看看。」

蘇離離聽她說得淒苦，心下惻然，淡淡笑道：「這也容易，我討一些給妳就是。」

老闆娘悲中乍喜，忙問道：「聽說他們還招人，妳看……我這樣的行不？洗衣做飯什麼都可以幹，只要有口飯吃。」她說著又要溢出淚來。

蘇離離沉吟片刻道：「這個我就無法作主，我只是這裡的客人。」她又細看老闆娘兩眼，「妳先跟我去吃點糧米吧。」

蘇離離引她穿營過寨，到後面找到李師爺，李師爺正坐在桌邊算帳，眉間溝壑仍在，卻沒了那幾分醉意，聽蘇離離把事情一講，舀了一小袋粟米給老闆娘，只是不允她入營。老闆娘看了蘇離離一眼，蘇離離攤手無奈；又看李師爺一眼，李師爺鐵面無情。老闆娘只得道了謝，挽著袋子走了。

待她踽踽遠去，李師爺叫住蘇離離，拈了山羊鬚，肅容道：「這個女人眼色不正，心裡必對妳有什麼陰謀。」

蘇離離方才一路走來，心裡也覺不對，可她也說不出有那裡不對，大概覺得這樣遇見未免太湊巧，便問：「李師爺怎麼看出來的？」

李師爺沉吟道：「一個人的表情言談都可以假裝，唯有眼神會透露心底所思所想。縱然掩飾得再好，也難免會在一顧一盼之間透露出來。這婦人再來找妳，妳不要理她。」

蘇離離想他說的話從來不錯，點點頭道：「好。」心裡卻生出一股恐懼，這老闆娘難道會有什麼問題嗎？當初和木頭在那個客棧待了十餘日，卻未見她有任何異常。她忽地想起，老闆娘早不出現，晚不出現，木頭剛走，她就來了，這可不更加奇怪了。

吃罷晚飯，蘇離離回到帳子裡收拾東西。自己的隨身衣物、《天子策》都是木頭背著。木頭來見祁鳳翔時，莫愁幫她保管了幾天。流雲筒一直都帶在她身邊，被祁鳳翔拿去研究了幾日，後來又還給她了。今天一早，祁泰還奉命送了一盒藥丸過來，說是三年的解藥，鄭重地勸她一定要按時服用。蘇離離看了半晌，吃也不是，不吃也不是，且收著，月底再看吧。

幾樣東西不一會兒就收拾好了，蘇離離也沒什麼情緒，坐在床邊愣了愣，和衣爬床，一夜無夢。

早上醒來，她解開頭髮梳了重綰，梳好頭髮又扯了扯床褥，眼睛掃了一眼，床角彷彿少了點什麼。她再看一眼，流雲筒不見了。蘇離離前後左右找了找，又俯身在床下看了兩回，然而那兩尺長、碗口粗的大竹筒，半分影子也無。

正巧莫愁來找她吃飯，見她找東西，便問找什麼。兩人合計回想了半日，蘇離離肯定地說自己睡前還拿來看過，就順在腳邊。莫愁又幫著找了一回，找不著，只能告訴莫大。莫大聽著蹊蹺，晚上也不見營中有閒雜之人，只有莫愁會時常出入蘇離離的帳子，莫大偶爾也過來，會有誰來拿走流雲筒？

此事萬分古怪，蘇離離且按下行程，看莫大將營中頭目集到大帳，各自下去查問，是誰的膽子這麼大，敢夜裡到蘇離離的帳裡行竊，主動站出來最好，若是查出來，山規不饒！

各人不敢怠慢，忙下去查問半日，報上來一個換哨的小嘍囉昨夜看見那個竹筒了。

莫大提來一問，那小嘍囉稟道：「小的昨夜從前哨上換下來，看見二當家抱了個大竹筒往後營去了。」

岐山大寨二當家就是莫愁，莫愁聽得圓睜杏眼，道：「不可能！」

莫大問：「什麼時候？」

「大約一更天的時候。」

莫大也斷然道：「不可能！」

蘇離離疑惑地看著他們。莫大張了張嘴，卻不好出口；莫愁臉一紅，低了頭。蘇離離一看便明白，那時候的莫愁必定是跟莫大在一起。三人齊齊看著那小嘍囉。小嘍囉指天誓日道：「小的不敢撒謊啊！我還問了聲好，二當家也點點頭，自顧自地走了。」

另一個頭目聞言，遲疑道：「我昨晚好像也見到二當家了。」

莫大命道：「你說！」

那頭目道：「大約就是那個時辰，我起來小解，晃眼看見二當家在後營柵欄邊走。我當時還疑心，二當家怎麼這麼晚還在那裡走著。」

莫大皺眉問：「你睡清醒了嗎？」

那頭目自己也躊躇一會兒，「是沒怎麼睡醒，可……可總不會沒有人，看出個人來吧。」

蘇離離與莫愁對望一眼，眼裡都是極大的恐懼。莫大又問數遍，再無人知道，便遣退諸人。三人對坐在蘇離離的帳中，各自猜測。

莫愁埋頭半天，方低低道：「這……是他們看走眼了嗎？」

蘇離離眉頭似蹙不蹙，忽然問：「莫愁姐，妳第一次見我時說了什麼？」

莫愁一愣，「啊？我說……我說這裡有兩個膽大的，問你們為什麼不跑。你們倆還有心情開玩笑，木兄弟說妳跑不動，妳罵他胡說。」

蘇離離點頭道：「好，妳記得，不要告訴別人。今後我這麼問妳，妳還這麼答。」

莫愁默然片刻，駭然道：「是有人假扮我？為什麼要假扮我？」

蘇離離心底生寒，「這人還進了我的帳子，拿走我的流雲筒。」她驀然想起老闆娘，老闆娘白天跟她進過大營，也有可能見到莫愁。女人扮女人，無論身形姿態都要容易得多，夜裡也不易看清。她想到老闆娘換上衣服扮成自己的樣子，木頭也說看著像。老闆娘有問題，一定有問題。

蘇離離心中千迴百轉，想尋到那蠶繭的絲頭，好剝開這個謎團。愣了半晌，莫大正要說話，蘇離離驟然驚道：「你們說，她偷我的流雲筒做什麼？」

莫大和莫愁都是一愣，未及答話，蘇離離已然接道：「我在她那裡住了十多日，她連問都沒問一句那大竹筒是做什麼的，現在卻來偷去。」她緩緩道，「只因她知道，那是我不離身的東西。她拿這東西，是要去騙人。」

蘇離離靈光一閃，霍然站起來，「她要拿去騙木頭！」

莫大疑惑道：「你說的是誰呀？」

蘇離離並不答他，越想越確定，兀自接道：「木頭昨天走的時候，她就站在營外，她一定看見他走了。沒錯，只有這樣才說得通。」再想一想，「她……她難道是趙無妨的人？」

莫大拍拍她的肩，「我說，妳在說些什麼？」

蘇離離猛然搖頭道：「我不跟你解釋了，莫大哥，今天我們走不了。我有件很重要的事想託你，請你帶幾個人，沿路去追木頭，追到告訴他，無論誰拿我的任何東西找他，都不要相信。我在這裡很安全。」

莫大驚道：「有這麼嚴重？」

蘇離離點頭，「不怕一萬，就怕萬一。反正我也不急著去三字谷。」

莫大也不多問，當即應了。三人計議片刻，莫大點起一千人，帶了李師爺，出營沿昨日木頭離去的方向尋過去。

剩下蘇離離與莫愁枯坐，商議了兩句暗號，約定今後若是對對方起疑，就該怎樣問，怎樣答。兩人唧唧咕咕說到半夜才一起在蘇離離的帳中睡下。這一睡下，等她醒來時，才知道自己和莫愁商量再多，也是白說一場。

拾柒・請君同入甕

蘇離離昏沉醒來，眼前一片漆黑。她想抬手，雙手軟綿綿的抬不動，腦子也不聽使喚。她手指蹭了蹭，身下是粗糙的布。蘇離離強睜著眼睛，某種逼近的感官讓她覺得四周都是布，沒錯，是布。她被裝在布口袋裡。

她想動想喊，卻動不了也喊不出。蘇離離努力保持清醒，用近乎掙扎的力量來抬動手腕，手腕終於動了動。她不敢鬆懈，大口吸氣，又動了動，手腳一次比一次聽從使喚。她兀自掙扎了不知多久，遠遠有腳步聲傳來，少時，門開了。

一人腳步輕細地走到蘇離離身邊，擦燃火石，似是點了蠟燭。些微的光亮透過布紋星星點點地映入蘇離離眼裡，她正不知該怎麼辦才好，那人一腳踹上她的腰。蘇離離猝不及防，驟然咬住嘴唇才沒疼得叫出來，眼淚卻奪眶而出，心裡大罵「渾蛋」。便聽一個女子「咯咯」笑道：「她還沒醒，閻兄的藥下得可夠狠。」說話緩急有那麼幾分老闆娘的樣子，聲音聽來卻又不像那老闆娘。

另有一個男子的聲音低低道：「我好不容易趁營裡的人離開時弄出來的，帳子裡下了三根迷魂香，路上怕她醒了礙事，又下了一次軟筋散。她已昏睡兩天多，遲不過今夜就會醒。」

那女子笑道：「閻兄不愧是江湖有名的『賊走不空手』，可惜藥下得重了點。她再不醒就得餓死了，到時候就少了分量。」

原來自己已經昏睡了兩三天！蘇離離暗暗詫異，不知莫愁怎麼樣？這人獨自到大營裡擄人，想必一次也捉不走兩個。

只聽那女子冷笑著接道：「哼，待收拾了那人，我再琢磨怎麼治這丫頭。那天去營裡她就疑心我，那老頭子不肯讓我入營，她也一點情都不求。」

那男子道：「那人妳辦得怎樣，他信了嗎？」

老闆娘聲音頓時柔了幾分，「嘻嘻，看起來乾淨俊秀，心眼也不少，盤問我半日，老娘使盡渾身解數才擋回去，他有那麼幾分信了。我又使了個計，假作被人擄走，想必能把他引來。」

那男子怪裡怪氣笑道：「喲，千面玉羅剎在這西北一隅也是好大的腕兒[24]了，怎麼說到人家，千張臉上都是桃花相。」

那女子頓了頓，半是冷淡，半是嘲諷，學著他的語氣道：「喲喲，閻兄這話說得可真離譜，才把人偷來，怎麼就思春了。」

蘇離離心中嘔了十七八遍，暗道：喲喲喲，還開始打情罵俏了。真是人在江湖飄，哪個不風騷。呸！

那男子訕訕笑道：「大冬天的不思春卻思什麼，我就是思也是思妳呀。」

24 腕兒：意指有權威、名氣之人。

但聽那女子勃然厲聲道：「你放老實些！那人厲害著呢，正是該用心的時候，一個不慎，你我都別想活！」

男子的話語戛然而止。

二人沉默半晌，女子毫無情緒地道：「布置吧。方圓五里就只有這裡有房子、有燈光，他自然會往這裡來。」

那男子應了，兩人窸窸窣窣在屋裡擺布一陣，似是在拖什麼東西。安靜了一會兒，只聽那男子嘆道：「真像啊！」

女子道：「你去外面荒草叢中伏著，費了大半月的心，若還治不住他，咱們只好逃快些了。」

男子道：「好，妳把手伸過來一點。」

那女子卻又止住他道：「等等，我先把這丫頭的穴道點上，不然她等會兒就醒了。」她走上前來，隔著袋子在蘇離離身上拍了兩拍，蘇離離那好不容易積累起來的知覺，瞬間又麻痹了。

少時，只聽那男子的腳步聲出門而去，門扉虛掩。那女子在屋裡悄無聲息。四周安靜下來，連一根針掉地都能聽見。蘇離離沒有聽見一點腳步聲，眼不能看，手足不能動，寂靜中卻有一種莫名的感應分外強烈，越來越近。

半晌，門緩緩打開，咿咿呀呀地響，顯見是以極輕的力道從外面碰開。既沒有腳步聲，也沒有呼吸聲，蘇離離想叫出來，心裡狂跳著，木頭，不要進來，不要進來。

木頭以掌力震開木門之前，已屏息靜聽了許久，屋裡有兩個人，呼吸都很弱。門扉緩緩打開，他便看見「蘇離離」跪在屋子一角，長髮低垂，梁上吊著繩子綁住她的雙腕。她身子微微後傾，身體被繩子拉住，欲墜不墜，仰著面孔雪白，彷彿出氣多，進氣少。

還有一人的呼吸來自屋子一角的麻袋裡，竟是被人縛住裝在裡面。木頭站在門前，再確定了一遍，屋裡再無一人，他也無暇多想，緩緩走向「蘇離離」。蘇離離人在麻袋裡，卻彷佛能感覺到他每一步都走在自己心上，止不住的眼淚從眼角滑出。

人一哭，呼吸便不平順。木頭內力豐沛，已辨別出些微的差別。他在「蘇離離」三尺之外停下腳步，又細聽了聽，遲疑片刻，繞過「蘇離離」往麻袋走去。只聽機括[25]聲極輕地一響，腳下木板陡然一分，向下陷去。

木頭身子一空，已在陷阱之中。他應變也快，閃身一側，蹬上旁邊石壁想藉力上躍。然而那石壁卻異常光滑，他一踩之下沒成上躍之勢，反向下滑數丈。一路急滑，須臾落到井底，竟沒站住，一跤摔在地上。

25 機括：機械發動、開啟。

手上一摸，滑膩膩的，全是芝麻香油的味道。木頭定了定神，仰頭看去，頭頂只剩那根長繩兀自搖晃，那人果然不是蘇離離。這陷阱極深，約有十五丈，九尺見方的井壁竟全是用大塊白瓷貼砌，邊角嚴絲合縫，細若毛髮。整個井壁上都塗了一層香油，光可鑒人。

須知一個人的輕功再好，也難以憑空一躍十五丈高。若這井壁不是白瓷塗油，以木頭的武功，九尺寬窄間倒可以迴旋而上。然而布下陷阱的這人，心思也高明得緊，似此油滑，除非兩肋生翅，否則怎上得去。

木頭把穩力道緩緩站起身來，才發現這陷阱底面如漏斗般微斜，中心有個拳頭大的深洞。因其油滑，無論你往哪裡站，這些傾斜都能將人送到那洞口去。

只聽頭頂上一人銀鈴般笑著，探頭在井邊道：「喂，你摔著了沒有啊？」這陷阱挖得既深又直，她聲音從上傳來，空洞地響。

木頭心中思量對策，隨口答道：「倒也沒摔著什麼。」

那女子輕聲笑道：「是啊，我怕你聞著菜油不好受，還專門找了芝麻油來塗牆。小兄弟，我還真有些捨不得殺你。」聽她聲音本是個年輕女子，然而她說到後一句時，霍然變成雲來客棧老闆娘的聲音語調。

木頭淡淡道：「妳的易容術很不錯啊。我真想殺了妳。」

她嘻嘻一笑，自下顎緩緩揭起一張半透明的膠狀面具。那面具柔軟稀薄，拉扯開卻又還延不斷。待她整個揭下時，但見明眸如水，膚白如玉，趴在陷阱邊翹腳笑道：「你說是我漂亮，還是你那個媳婦漂亮？」

木頭瞇起眼睛看了一陣，慢慢道：「我看不清楚，要不妳把我弄上去仔細瞧瞧。」

她卻嘻嘻笑道：「我不受你騙，費了我許多力氣才想出這個法子來捉你，你上來的話誰還治得住你？」

蘇離離在那麻袋裡聽得她聲音有種別樣的嬌柔，輕浮調笑，只覺肉麻噁心之至，心中狠狠咒罵：賤人！賤人！頓了一下，再罵：跟這種賤人有什麼好說的！

木頭渾然不覺，揚聲道：「妳費了許多力氣捉住我，就是要我鑒賞妳的容貌？」

她懶懶解釋道：「當然不是，是有人要你說出你知道的東西。你說出來，就可以放了你。」

木頭攤手道：「我知道的東西都交給祁鳳翔了。」

「那批錢糧各州分儲，雍州的沒了，其他地方呢？」

木頭應聲答道：「都寫給他了，你們現在知道也來不及了。你捉我沒什麼用，還是放了我吧。」

「老闆娘」默然片刻，款款道：「遺憾得很，你知道這個陷阱叫什麼名字嗎？」

木頭道：「不知道。」

「這叫作化屍池。」她猶如介紹自己的閨房一樣熟悉自在，「你看底下那個小洞，再往下有能工巧匠設計的機括，每天會有化屍水從那裡冒出，約升到及腰的地方，一個時辰將人化盡，又再落下去。無論金銀銅鐵，人身仙體，都化得一乾二淨，活不見人，死不見屍。只有瓷塊扛得住，所以這個池子四周都貼了瓷。」

蘇離離聽她娓娓道來，心裡卻漸漸冷下去，彷彿看見定陵墓地裡，徐默格將一小瓷瓶的水淋在那太監身上，不過一會兒便化得連骨頭渣都不剩了。

木頭兀自點頭道：「原來如此。」

「老闆娘」見他不怕，愈加高興，指點道：「最妙的是那池水只及腰，若是人還未死，尚能站立，便從腳化起，自己看著自己慢慢變成一攤臭水。」

木頭彷若不聞，道：「妳一開始就假扮老闆娘在騙我們？」

她想了想，「那倒不是，你們第一天看見的老闆娘是真的。第二天起，就是我了。」

木頭點點頭道：「妳扮得可真像，行為舉止也沒有破綻。我一直沒看出來，但妳換上衣服出門的時候，我便覺出不對。只因妳扮得太像，連步伐儀態都像極了我老婆，即使我從妳的背影看去，也分不太出來。妳有這本事，又怎會是個尋常民婦。」

「老闆娘」聽到彷彿高興了，「要說易容術，天下我不做第二人選。你老婆也只有一雙眼睛比得上我，其餘五官平平，配你實是不如。」

「妳自然比她漂亮得多。」木頭頓了頓，又道，「從前凌青霜前輩告訴我，趙無妨手下有一批旁門左道之士，果然不假，可惜妳卻為那種人做事。」

她冷笑道：「江湖中人不講人才，只論錢財。你東拉西扯是要等救兵嗎？來不及了，每夜子時三刻，便是化屍之時。我勸你趁早把放錢糧的位置說出來，否則等到腳化了、腿化了，縱然出來也沒什麼意思了。」

木頭嘆道：「這也容易，可是我老婆人在哪裡？」

「你想見她？」她話音倏忽一轉，「她昨日不聽話，已被我化在裡面了。」

木頭冷冷道：「那更好，我便也等著化在裡面，與她都成了水，我中有她，她中有我，永不分離了。」

「老闆娘」看了他半晌，笑道：「嘻嘻，你還真不好騙。」

她站起身，緩緩走到麻袋邊，解開繩索。蘇離離眼前驟然一亮，有些睜不開眼。

「老闆娘」一把抓住她的衣領將她拎起來，拖到陷阱邊，探出頭去道：「喂，看好了，她可不是在這裡嗎？」

木頭靜了靜，道：「誰知道是不是妳找人易容的，妳讓她說句話。」

「老闆娘」哼了一聲，料得蘇離離中的軟筋散餘力未消，也翻不出自己的手掌心，兩下拍開她的穴道，命道：「告訴他，若是不說，就讓他眼睜睜看我怎麼收拾妳！」

蘇離離穴道衝破，周身都疼了起來，眼見木頭在陷阱裡，不知說什麼好。半晌，輕聲道：「木頭。」

木頭已然聽出是她，神色乍現溫柔，一笑，「妳別怕，我讓他們放了妳。」

「老闆娘」已然冷笑道：「就知道你又臭又硬，油鹽不進！想得倒美，你不說出來，我便剁掉她一根手指。待她手腳都砍完，我看你說不說！」不知她從哪裡抽出一把匕首，橫在蘇離離的頸邊。

蘇離離頭髮被她扯疼，「哎」地一聲輕叫。木頭不知她對蘇離離做了什麼，登時大怒，死捏著拳頭忍住怒火，反放慢聲音道：「妳折磨她又有什麼用？反正只有我知道，她又不知道。」

他這麼一說，反而提醒了「老闆娘」，她湊近蘇離離問道：「妹妹，妳知不知道？」

蘇離離這會兒手腳血脈順暢，說話也靈光多了，雖仍舊綿軟無力，卻不比方才力不從心。既然木頭把話遞到她嘴邊了，她自然柔弱害怕地接道：「我……我知道，妳不要殺我。」

這話若是木頭說，「老闆娘」可能還不信；然而蘇離離說起來楚楚可憐，卻有那麼幾分信了。她用刀輕刮著蘇離離的臉頰，柔柔道：「那妳就告訴姐姐，姐姐對妳好。若是敢說謊，妳這雪白的臉蛋可就要倒楣了。」

蘇離離側開，坐直身子，撫膺長嘆道：「世上有姐姐這樣花容月貌的人，我這張臉蛋總是白長了，有沒有都無所謂。」

女人聽男人誇固然高興，若是聽女人誇則更加高興。雖知蘇離離是假意，「老闆娘」卻也止不住笑道：「妳這丫頭倒是生了張巧嘴，好好說吧，妳這張臉留著，還是聊勝於無。」

蘇離離心中大罵：妳才沒有臉呢！妳不要臉！面上卻假笑道：「我想想，他那天跟我說過，我也沒記牢。嗯——梁州，梁州是在哪裡呢？好像是太康，太康是在梁州嗎？唔……有一個升官縣木材鄉，找一個叫程叔的人就能找到。嗯，梁州是這樣的，荊州……讓我想想。」她心裡卻想：程叔啊，你把她帶走吧！

「老闆娘」皺了皺眉，遲疑道：「妳說明白一點。」

蘇離離冥想半天，道：「妳等等啊，我問問他。」她在井邊探頭叫道，「你沒事吧？」井下白瓷泛著光，映在他臉上柔和細膩，木頭輕聲道：「我沒事，妳不要告訴她。」蘇離離知道他故意這樣說，便是要自己繼續亂講，好尋機脫身。

蘇離離摸了摸白瓷壁，叫道：「接著啊。」身子一縱，貼著瓷壁滑下去。「老闆娘」伸手便拉，膂力[26]有限，為時已晚，生怕被蘇離離帶進去，急忙鬆手。木頭從井底躍起，半空接住蘇離離飄飄落到底，情知不易站穩，就地一倒。

26 膂力：體力。

蘇離離摔在他身上，連忙爬起來道：「你摔著沒有？」

木頭凝望她的眉目，靜靜道：「沒有。」

蘇離離帶著幾分薄怒，伸指戳在他胸口道：「才說放心你，你又犯傻了。怎麼就這麼好騙，給人家騙到這裡來了。以為自己武功好，是吧？掉到這香油池子裡，半天都上不去。」

木頭坐起身，將她拉到身邊，湊近她耳邊低聲道：「我提著妳盡力一躍可以有十丈高，到時我再發力將妳一推，妳或許可以到上面。妳到上面就往外跑，我來拖住她……」

蘇離離打斷他搖頭道：「算了木頭，我就是編著地名騙過她，她也不會留我們活口的。外面還有人埋伏，我跑也跑不掉，你既上不去，我陪你一起死，好過落在他們手裡。」她說得平淡尋常，彷彿這池子不是化屍之所。

木頭抱著她的腰，看了她片刻，忽然輕吻一下她的鼻子，壓低聲音道：「妳沒下來，我出不去；妳下來後我倒想到一個法子。」他貼在她耳邊竊竊私語。

「老闆娘」在井上聽不清下面說話，大聲道：「喂！你們都不想活了是吧？」忽見蘇離離與木頭摟摟抱抱，寬衣解帶，大是驚奇道：「你們死到臨頭還要風流快活一回嗎？」

蘇離離不理她，兀自將兩人的衣帶打結，比了比也才兩丈的長短，遲疑道：「不太夠。」木頭道：「撕開衣服條子。」

他二人一派忙碌，「老闆娘」在上面冷笑道：「我與你們相處十餘日，你們也沒發覺，可見無用至極。現在慌張又有什麼用！」

腦後突然一陣掌風襲來，她話未說完，忙回身去擋，來人手腳極快，隔開她兩掌，一腳踹中下盤。「老闆娘」站立不穩，仰面跌下。

木頭忙拉著蘇離離閃到一邊，看她「砰」一聲響，摔平在井底，靜靜地滑到二人腳邊。頭上一人溫和道：「我跟蹤妳十餘日，妳也沒發覺，可見無用至極。佛祖說『妳不入地獄，誰入地獄』。」十方的光頭比白瓷還亮，在井邊閃閃發光。

蘇離離小聲疑道：「佛祖不是這麼說的吧？」

木頭出手如風，已點了「老闆娘」全身十二處大穴，笑道：「佛祖說的我不知道，有個典故叫請君入甕，不知大姐知不知道？」

「老闆娘」一落井底，眼中便生出極大懼意，罵道：「和尚！你怎的又來攪老娘的事！」她叫著，蘇離離便扯下她的腰帶，縛在自己與木頭的腰帶上，連成一條繩子，一端繫上自己的手腕。

十方四顧屋中，不見繩索，淡淡應道：「妳扮得如此像蘇施主，我怎會相信妳就是個尋常民婦。我跟妳到這裡，蹲在附近五日，妳同夥昨日扛了大麻袋進來，我還不知道是誰，今晚看了半夜才算把這齣戲看明白。」

他縱身躍上房梁，解下方才「老闆娘」假扮蘇離離吊在那裡的繩子，房屋低矮，總共也只兩丈長。落回地面，忽又想起來，道：「哦，妳那位閻兄人中龍鳳，賊走不空手，還伏在外面草叢中呢，只不過已經死了。」

隨即往下對木頭道：「繩子夠不夠啊。」

木頭道：「先扔下來再說。」

十方依言扔下繩子，蘇離離接住，又結在那三條衣帶上，約有四五丈長了。

「老闆娘」不想栽這樣的跟頭，又氣又急，「和尚……可你當時信了我的。」

十方細心解釋道：「我當時沒信，做我們這一行，沒有上面的命令，自是不能打草驚蛇的。妳看了那條子上的字，自然會去告訴妳主子，妳主子派去銅川的人，自然都被我主子捉住了。」

當日十方回稟祁鳳翔道：「那家客棧的老闆娘極是可疑，事後回過客棧一次就沿官道西行而去。」

祁鳳翔問道：「她會是誰的人？」

十方道：「如今在這一帶，是敵非友的，只可能是趙無妨的人。屬下已令人沿路盯梢。」

祁鳳翔斜倚在坐椅的扶手上，默然把條子讀了三遍，換了換姿勢，抬眼問十方：「然後呢？」

忽有極低的一聲響，似金石叩響。「老闆娘」大駭，以致牙齒打顫上下磕響，大聲道：

「廢話少說，快把我們弄上去！快！」

那陷阱極深，一般繩索不抵用。十方已在屋裡屋外找了一圈，四壁徒然，無甚可用，連根竹竿都沒有，顯然這夥人根本就沒打算再讓木頭出來。十方當機立斷，蹲下身撕起衣裾。

木頭將蘇離離結的那條布繩的另一端，繫在自己的左腕上，生死已相連在一起。兩人默然對望，心中忽然變得一片明淨，既不慌張也無懼怕。未及說話，一股腐臭之氣從那洞眼裡冒出來，蘇離離一聞險些作嘔，「老闆娘」已驚聲尖叫，水聲汩汩而來，黑色的液體從洞眼裡冒出。

木頭無暇多想，深吸一口氣，提起蘇離離拔地而起，一躍十丈有餘，仰頭看見出口不過四丈，無奈力道已盡。他在半空之中運力於臂，將蘇離離猛地一拋，蘇離離兀自向上飛去，木頭卻更快向下墜去。

蘇離離眼見飛到井邊，手腕上的布繩繃直將她一拖。她的右手抓到地板邊緣，一抓之下不及自身重量，又複向下墜去。木頭已運起全身內力，身如鴻毛，蘇離離一抓之力雖弱，卻足夠他藉這微薄之力騰起，兩人空中交過。木頭碰到地板，一躍而上，左手一提。

蘇離離身在下墜之中，手上布繩一帶，被拖著向上，片刻之後，落入木頭懷裡。這番險勝，死裡逃生，二人跌坐在地板上抱成一團。原來他二人手中布繩有限，卻是將蘇離離縛在繩上，當作飛爪索的爪頭，拋上去只需抓住一點，木頭就能藉力而起。他站到上面，便能輕易拉起她。

這番動作抛接，需拿捏配合得分毫不差，若是任何一處錯了一點，後果不堪設想。即便兩人練了百回，恐怕也只有一兩回能成功。他二人未經演練，一蹴而就，如今坐在地板上反而後怕起來，蘇離離瑟瑟發抖，抱著木頭終於哭了出來。

二人躍起之時，十方看準方位伸手去拉，卻因布繩繃直，蘇離離未能躍到地板上，只在地板邊抓了一下，十方握空。待木頭躍上地板，到蘇離離被他拉上來，轉息之間，生機乍現。十方不得不佩服，對著兩人豎了豎大拇指，轉身到了池邊。

那化屍池裡的老闆娘已沒了聲氣，口眼大張似萬般驚恐，整個人浮在黑水之上輕漾，像煮軟的粥，時不時冒一個泡，漸漸被煮黏，融在水裡。惡臭撲鼻而來，陳屍腐肉般噁心。

蘇離離不去看那池子，拉著木頭嗚嗚哭道：「我的手腕要斷了。」

木頭解下她繫在手腕上的布繩，腕上勒出紅痕，有些脫臼。木頭也不說，掰著她的手一拉一接，蘇離離大聲呼痛時已經正好了。木頭扶著她站起來，看她淚眼汪汪，抬袖想給她擦擦，卻見袖子上滿是油蹟。木頭嘆道：「罷了，馬上趕回軍中去敷藥吧。」

說著，詢問地看向十方，十方合掌道：「你們走你們的，我走我的。」木頭抱拳一禮，牽著蘇離離出門。那化屍池中已無屍骸，黑水中間有一個小小的旋渦，顯然是水又抽走了。十方臨走時，留戀地看了化屍池一眼，低低嘆道：「真是殺人滅口的好東西啊。」徑往東北而去。

木頭向西南行出里許，便見道邊樹上拴著來時的馬。他先將蘇離離扶上馬背，解開韁繩，自己也騎上去，抖韁緩緩而行。蘇離離問道：「你怎麼跑到這裡來的，她是不是用我的流雲筒騙你？」

木頭低低道：「是啊，我們本來遇到趙無妨的人馬，都打了三場了。我就知道她有來歷，本是關住她不放，想探個究竟，可是不知她易成誰的樣子跑出來。我實在不放心，只得沿路追過來，也就這一夜時間來找妳。」

蘇離離罵道：「真笨，沒見到莫大哥嗎？我叫他去跟你說的。」

木頭道：「沒有啊，我還沒見著他。」

蘇離離「唉」了一聲，倚在他懷裡。木頭忽然一笑，道：「身上都是香油，回去擰擰，能炒菜了。」

蘇離離應道：「那是，還能炒出人肉香。」

木頭忍了忍，由衷嘆道：「妳夠噁心！」

蘇離離「哼哼哼」長笑三聲。

行到天色將明未明時，前面一帶開闊之地，有兩人守哨。木頭對了口令，徑入營地，卻見莫大已候在那裡，見他二人並騎而來，驚道：「妳怎麼來了？」

蘇離離打了個哈欠，沒好氣道：「等你來，我和木頭都讓人化成一池子水了。」

莫大委屈道：「他又沒個方向，到處亂打，我尋了三天才尋到這裡。路上還遇見幾隊梁州的兵馬。」

木頭奔波一夜也不倦怠，聽他一說，精神又振，道：「在哪裡？」

此後兩日，蘇離離換回男裝，索性跟著他行軍。木頭領兵在梁州之北穿插迂迴，遊而擊之，打散趙無妨兵馬無數。祁鳳翔也從西深入，撕裂趙無妨屯在北面的兵馬，李鏗相繼從兩翼增兵，大軍壓在正面，徐徐南進。

趙軍驚慌忙亂，不知祁軍從何而出，又等在何地。木頭也不等糧草，只用輕騎兵，人帶三天口糧，孤軍深入，搶趙軍輜重[27]兵器，既不占城池，也不守地利，打了就走，傷亡甚少。用莫大的話來說，這仗打得痛快。雍州以南，梁州以北，四百里縱深，亂成一鍋粥，分不清誰是誰。

27 輜重：行李。

第六日，木頭一天就遇到八股散兵，被祁鳳翔從北擊潰而來，雙方混戰一氣。傍晚在一座小城外十里紮住，分吃乾糧休息。夜裡北風寒冷刺骨，木頭帶了五百人，偷摸到城邊。雍、梁之邊幾十年來少戰，城池失修，多不堅固。木頭隻身摸上城牆，卻見哨衛比往常稍多，整肅嚴明。

木頭潛身躡行到城門邊時，哨衛終於發現他，兩下交手，又能有幾人是他的對手，須臾撂倒了十餘人。然而士兵越來越多，木頭急切間脫不開身，只怕驚動內城。

忽然耳邊風聲一響，一個上前圍攻他的士兵倒地，額上插著一枚袖箭。

木頭躍上一步，一腳踢斷城門尺厚的方木栓，身邊又有三人中袖箭而死。一時間暗器迭發，趙軍兵士紛紛倒地，木頭情知有人暗中幫他，四面一看，混亂中卻又沒看見人。莫大已帶了騎兵風馳電掣般衝進城來。

趙軍抵擋一陣，也不戀戰，從北門撤退。莫大帶人在城中發揚馬賊精神，一通搶掠，無人能及，兩個時辰之後，滿載而歸。所有騎兵東移十里下寨。

木頭心神不寧，一路沉默。蘇離離幫他把一塊餅子撕開泡在熱水裡，見他還在沉思，點點他的手臂笑道：「你再不吃，我可都吃光了。」

木頭回過神來，道：「妳餓了就吃吧。」

蘇離離無奈一笑，拉他捧了碗，「你就是塊鐵，飯也是鋼，難道不吃不睡就能打贏？」

木頭誠摯道：「妳越來越賢慧了，我真欣慰。」

蘇離離喝道：「呿！」

木頭一笑，端碗喝了一口，又抬頭道：「我方才入城時，有人在暗中用暗器幫我。」

「暗器？什麼樣的暗器？」蘇離離好奇道。

「袖箭。」木頭撈起一塊餅子吃下。

蘇離離想了一會兒，「難道是送我流雲筒的那位大姐，凌青霜凌前輩？」

木頭沉吟半晌，招呼莫大和李師爺過來，令道：「所有人馬即刻撤回二十里，扼住南歸要道。」

他下令之時，另有一種果毅，是蘇離離在他身上似曾見過，又未能深究的，此時看來，別生仰慕。

李師爺蹙眉道：「扼守要道？我們孤軍深入，一旦停下來就被動了，也不利於策應銳王。」

木頭緩緩搖頭道：「我有一種感覺，方才上城牆時就覺得了。那些兵一遇到我們，轉身就撤，雖慌卻有序；凌前輩大仇未報，卻獨自在那城中……很有可能，趙無妨方才在那城裡！」他驟然站起來，環顧諸將道：「這幾日混戰毫無章法，趙無妨的人馬被打散，無從因應，只想南歸固守。此時我們若北上去會銳王，勢必會讓他逃走。」

李師爺仍猶豫道：「若是他在，必率身邊精銳，我們又怎的擋得住？」

木頭道：「若真是他，不知我們歪打正著，必然以為行蹤暴露，自己先慌了。各自不知虛實，打了再說！」

為將帥者，於戰場之上必須有靈敏的判斷力，木頭的直覺敏銳而正確。

方才城中那股軍馬撤退二十里方紮下營寨，趙無妨臉色鐵青地坐在帳中，下屬呈上飲水。趙無妨接過來，忍了片刻，終是將盅子摔在地下，遍指諸人道：「祁軍是從天上掉下來的嗎？我們昨日才退到城裡，今日又被追擊！祁鳳翔統共領五萬人，怎麼到處都是他的騎兵？」

諸將沉默，少時，一名偏將出列道：「祁軍打得古怪，不……不知他們要打哪裡。各路將領分散，還無消息。此地無險可守，糧草又將用盡，眼下不宜久留，還是尋機退回天河府為是。」

趙無妨壓抑怒氣，默然片刻方道：「大家今日辛苦，且去休息。明天五更，無論如何突出山左小路，退回天河府！」

於是四更造飯，五更起行，人銜草，馬裹蹄，徐徐行至山隘，四圍無甚動靜。剛走到狹窄之處，隊伍拉長，忽有騎兵自兩側衝來，頓時前方鼓聲大作，山谷之中喊殺震天。趙無妨本在隊伍稍前，聽見前面擂鼓，也不知伏兵多少，便策馬往回跑。

身後忽有一人大叫一聲「趙無妨」，回頭一看，正是騙他圖藏的年輕人。趙無妨知他武藝高強，奮力策馬而去。木頭從後趕來，被趙軍人馬阻住，只得掩殺一陣。趙無妨退回那座小城，軍士四面把守，嚴加防範。木頭騎兵有限，又沒有步兵，累戰之下，人馬皆乏，就地紮營。

木頭思忖半日，如此對峙，若趙無妨叫來援軍便難辦了，需得將他激出來才好。乃修書一封，上書一行大字，蘇離離親手縛在箭桿上，一箭射入城去。趙無妨接來看時，言簡意賅，曰：「明日銳王合兵至此，可決一戰。」

趙無妨放下手中字條，手下人等面面相覷，都不敢發聲。趙無妨低沉道：「我們聯繫不上援軍，若銳賊明日真的合兵而來，便是有死無生。今夜背水一戰，成敗在此可決！」眾將紛紛應諾，心裡卻多少有些打鼓[28]。

木頭令軍士飽睡一日，夜幕才降時便伏在城外，喚來莫大耳語一番。莫大應了，從各隊傳令下去。只等到三更時分，城門緩開，趙軍小隊而出，行出半里，木頭將火一舉，騎兵躍出廝殺。趙無妨城中人馬也盡數奔出，大有拚命之勢。

雙方混戰少時，只聽莫大軍中齊聲歡呼：「擒住趙無妨了！」趙軍一亂，又聽另一邊祁

28 打鼓：心神不定，忐忑不安。

軍歡呼：「擒住趙無妨了！」頓時呼聲如雷，趙軍本就慌亂，氣勢也不足，被這一叫又生怯意，十個有七個放下兵器，舉手投降。剩下幾個頑抗的，死的死，傷的傷。

趙無妨的馬中箭，跌落下來，本揮劍抵擋，聽祁軍這樣喊叫，情知是對方詐稱以亂軍心，奈何壓不過許多人的聲音。眼見眾人不明所以，大有投降之意，心下頓灰，暗道：「罷了罷了，我今日兵敗於此，有死而已。」舉劍便欲自刎，一枚袖箭射來，打下他手中長劍，凝神看時，凌青霜全身披掛各類暗器，正拿一副短弓瞄向他。

一箭當胸，趙無妨呼吸一窒。場上人馬漸定，木頭聞聲而來，見趙無妨蜷縮在地，手足抽搐，臉色烏青，似萬分痛苦，顯然凌青霜的箭上染了劇毒。趙無妨死死地看著木頭，幾乎是咬著牙問：「你……你是……誰？」

木頭注視他半晌，手一揚，抽出背上長劍，俐落地切下他的頭顱。凌青霜縱身上前，大怒道：「小子，我要殺他，你憑什麼來橫插一手！」

木頭看她腰上掛著短弓，背上背著火藥筒，肩上還掛了一串七星鏢，忙恭敬道：「前輩的暗器舉世無雙，我剁他腦袋時，趙賊已死在前輩手下了。」心中卻想，我若不快些出手，這臉孔都沒法認了，還怎麼拿去招降。

凌青霜臉色稍霽，卻仍恨恨道：「便宜他了。」轉身要走，木頭忙道：「前輩且慢。」

凌青霜皺眉道：「我很老嗎？」

「是，大姐。」木頭換了稱呼道，「凌大姐的手藝神出鬼沒，是這些兵太笨了，用的箭弩簡直沒法使，我想請大姐指點他們一二，讓他們知道山外有山，人外有人。」

他知道凌青霜暗器雖好，脾氣卻有些古怪，既不敢說留她效力，也不敢說要她幫忙。凌青霜被他一拍，也覺得有理，這些人既然愚笨，那就幫一幫吧。也不忙著走，一路往回，莫大與李師爺善後，分別差人去尋祁鳳翔報信。

凌青霜過來遇見蘇離離，對木頭道：「哼，要不是瞧在她幫我做過棺材，你們又從趙不折手下救過我，我才不幫你製兵器呢。」

木頭一攬蘇離離的肩，點頭道：「是啊，她是我的福將。」

蘇離離鄙視地看了他一眼。

這夜木頭就地紮住，等明日去會祁鳳翔，再行計議。夜裡三更時分，莫大來報，手下抓了一個從南來的奸細。木頭到中軍大帳一看，卻是應文。

應文匆匆見禮道：「我從益州回來，剛聽說趙無妨本人已經死了？」

木頭道：「人頭都在我帳下。」

應文略一沉吟，道：「我此去益州結盟，益州州將陳兵七萬在州郡邊上，卻按住不動。我看他的意思，是要等我們兩家打到兩敗俱傷，他好從中漁利。現在趙無妨死了，梁州有兵有糧卻無主，此時不取，便讓益州軍占了便宜。」

木頭想了想，「你說得是……這樣，我現在手裡約有四千人馬，且前去探一探。你盡速北上尋見銳王，約他援我。」

應文道好，立即動身，二人出帳來，木頭邊走邊道：「益州險塞，劍閣崔嵬，易守難攻。此次伐趙，我還尋見一位武林前輩，善製機括器械，銳王若要平益州，她便很有用處。」

應文笑道：「你想得倒長遠。」

拾捌・月涼千里照

第二日，祁鳳翔大帳。

祁鳳翔拈著一頁文書給應文，「歐陽覃有加急快報在此，一月十三日，胡人前哨兵馬離滄州不足百里，他雖有所布置，畢竟人馬有限。我已令李鏗分了一部分兵力東回。」

應文大是搖頭，「梁州南部才是重鎮，似此回兵，豈不將全梁之境拱手讓人？」

「正因為是重鎮，天河府城牆堅固，趙無妨這兩年經營得當，不是短時可下。」祁鳳翔點著桌面，「現在僧多粥少，我兵馬有限，手下也沒人，占不住雍梁，只能回兵自保。派快馬過去，叫江秋鏑撤回來。」

應文道：「這樣，胡人那邊我去談。我看他們沒有南下之志，至多是要割占州郡，先讓一讓，回頭再收拾。」

祁鳳翔止道：「不行，胡人不講理，你不能去。」

當日便先派出快馬調木頭回兵。

第二天凌晨，祁鳳翔尚未起床，昨日派出的令馬便與木頭派來的人並騎而回。

祁鳳翔披上衣裳，一頭黑髮如墨一般鬆散夾在衣間，將人召入帳中詢問。那人伏地拜道：「我軍兵臨城下時，對方全無戰備，城上只掛白旗。天河府守丞於治人投書，願意舉境投降。」

「哦？」祁鳳翔大感意外，不由得坐正後又問，「江秋鏑怎麼說？」

「江將軍人少，恐他有詐，只駐軍在外，差小人速報殿下，請殿下大軍南占天河府。」他摸出一封書信，信上是木頭的字，確如此人所言，信角也有事前兩人約定的標記。

祁鳳翔只猶豫了一下，一召祁泰，果斷道：「傳令下去，各路軍馬即刻拔營南下，不得遲誤！」

天河府外城，旌旗招展。一名府官一臉訕笑，呈上名刺。莫大站在上首，接過來掃了一眼，念道：「於抬人？」

旁邊幾個小吏憋不住笑了。那府官皺了皺眉，仍訕笑道：「下官名叫於治人，子曰：『勞心者治人，勞力者治於人』。」

莫大皺起眉看著那名刺，研究這個字和「抬」字哪裡不一樣時，木頭縱馬從西過來，蘇離離一身親兵裝束，跟在一旁。

莫大迎下階來，把名刺遞給他，木頭掃了一眼，徑直走到大堂上首。案上放著一個大木方匣子，旁邊一摞書冊。他便翻開那書冊瀏覽。

於治人畢恭畢敬地稟道：「將軍，楠木匣子裡是梁州都督的大印，旁邊是梁州兵馬錢糧收支總冊。」

木頭翻著帳冊並不答話，翻了一陣，突然問：「這帳目是誰做的？」

於治人道：「是下官。」

木頭「啪」地闔上帳冊，傾身上前問道：「十萬軍馬，錢糧足支一年，如此雄厚之力，為何不戰而降？」

於治人神情激昂，拱手晃腦道：「區區梁州兵馬豈可抵抗將軍威武之師。銳王殿下智謀無雙，百戰百勝，我等豈能螳臂當車，逆流而動。這……」

「好，」木頭擺手止住他，「這樣子，銳王殿下駐軍離此不過三十里，這顆梁州都督的大印就勞您前去獻給他老人家，以彰功勞。」

於治人一愣，方大喜道：「是，是，下官遵命。」

木頭又道：「莫大哥，你差五百人送他去。」

莫大一驚，「五百？」

木頭神色不改，點頭，「五百。」

半日後，祁鳳翔踞椅而坐，應文站在一旁。於治人隨著祁泰低頭趨入，未抬頭時便匍匐在地道：「下官於治人，參見銳王殿下。」

祁鳳翔在坐椅扶手上支頤淺笑道：「是你獻了天河府？」

於治人仍趴在地上，並不抬頭，道：「下官微末之力，不足為殿下垂詢。」

祁鳳翔也不叫他起來，只道：「如此你也是我軍的功臣了。」

於治人聽得這句話，抬首時眼中一片誠懇，道：「下官在梁州時，聽聞銳王殿下掃蕩北方，無人能及，心中萬分仰慕。只望殿下早日來到，拂高天之雲翳，展日月之光輝。我等梁州官民，盼殿下如大旱之盼甘霖，嬰兒之盼父母，實是望眼欲穿。」

他說得毫不羞赧，應文直聽得匪夷所思，祁鳳翔反笑了笑，似聽到什麼有趣的話，坐直身子，道：「不想我如此深入人心。」

於治人奮力點頭，「正是！銳王殿下算無遺策，百戰百勝。下官等在天河府，聽聞殿下揮兵南向，周身的血都要沸了。那時便日思夜盼，只望殿下……」

「好了，」祁鳳翔終於招架不住，抬手打斷他，平靜道，「你等占據州郡與朝廷為敵，經年械鬥不息，我若不提兵到此，也仍不歸服，似此還敢來獻城池。祁泰，把他押出去，斬首轅門。」

他使一個眼色，祁泰會意，上前去拉於治人。於治人瞠目結舌，片刻之後，甩掉祁泰的手，正色道：「我獻城歸降，殿下卻要殺我，不怕天下義士寒心？」

祁鳳翔輕笑道：「量你區區腐儒，能有什麼本事讓天下義士都寒心。」他對著祁泰一抬下巴，祁泰又上前拉於治人。

於治人甩開祁泰的手臂，想說什麼，卻只「哼」了一聲，轉身出去了。

應文嘆道：「此人辭色諂媚，雖獻城池，留之無用，殺之不義，放他下去便是。」

祁鳳翔微微笑道：「才無一定之規，這人拍馬屁雖拍得露骨了點，卻能不重樣，也算是個人才。」

二人說話間，祁泰又帶著於治人回來了，祁鳳翔笑道：「怎樣？」

祁泰稟道：「屬下領於先生在轅門逛了一圈，先生辭色抗厲，渾然不懼。」

於治人的神色哭笑不得，祁鳳翔的微笑之中卻有些凌厲，緩緩道：「我明白了，你是不願在我帳下效力，故意做出一副諂媚相，想脫身而去。」隨即笑了笑，「不想趙無妨手下卻有這等忠心之人。」

於治人默然不語。

祁鳳翔道：「你既不願仕進我軍，為什麼來此途中不跑呢？」

於治人苦笑道：「那位攻占天河府的江將軍，派了五百人押我。銳王殿下，下官智術淺短，不足為諸侯相爭效力。趙將軍是我舊交，才勉強就任，管理一州內政。但他……唉。」

祁鳳翔靜了靜，站起來拱手道：「在下有一言，相勸先生。」

他說得謙遜，於治人恭敬一禮，「不敢。」

「先生說服天河府守將舉城而降，乃為城中百姓不厝兵戈戰亂，足見憂國憂民之心。現下我有一個難題，北方胡人趁我南征，欲舉兵而下。先生不願事諸侯，蓋因割據分戰；胡人異族，覬覦中原，則是華夏同仇。我想請先生前往談和，待我收定中原，再戰胡虜。」

於治人容色不驚，卻望祁鳳翔良久，方慢慢道：「殿下……初見於我，便以如此重任相託，不怕所託非人？」

祁鳳翔微微一笑，搖了搖頭。

於治人又站了一會兒，方慨然抬手道：「既蒙抬愛，在下願去胡地談和。」

「好。」祁鳳翔道，「先生且去休息，午後我們細談此事，明日便請成行。」

於治人點頭道：「好。」施了一禮，也不待他發話，先轉身出帳去了。祁泰自領他去安頓。

應文嘆道：「你可真敢用人啊。」

祁鳳翔微有自得，「我看人一向不走眼，此人必能勝任，且終能為我所用。」

「那下一步如何行事？」

祁鳳翔望向長空雲淡，道：「分兵安頓梁州，二月十五前，我要回京收拾那邊的事。讓李鏗收兵到雍州以東，梁、益交給江秋鏑，他愛怎麼打就怎麼打！」

應文不由得喟嘆道：「殿下真是太敢用人了！」

祁鳳翔望他一笑，「他這一陣打得很好，可見也不是光說不練。江秋鏑過去在兵法上就深諳[29]擊虛避實之道，懂得保存實力，靈活應變，不需我來提點。他自有他的打法，讓他放手去做吧。最壞也不過是打不過人，我回頭再麻煩點收拾罷了。」

應文搖頭道：「這不是最壞的。此人心思機敏，謀略長遠，若是他打過了人，占住梁州、益州，擁兵自固。二地險峻，車楫難通，你又待如何？」

祁鳳翔默默想了半日，也搖頭道：「疑則不用，用則不疑。若要謀事，又彼此猜疑，則事不可濟。他脾氣有時古怪，為人卻有俠氣。我以信義待他，他必不背我。再說，費了老大的力氣才拉到手，難道殺了趙無妨就讓他撂挑子走了？哼。」心中卻另有一股不平。

應文道：「何時與他會兵？」

祁鳳翔沉吟了一陣，道：「不去了，我寫手諭給他。只要大的綱條不變，具體事宜他自己臨機決斷就好。」

應文知他不想見著蘇離離，卻又不好點破，於是張了張嘴，想說什麼卻又忍住了。

三日後，祁鳳翔將手頭兵馬都交給木頭，隻身取道雍州回京。朝中表請登基稱帝，以名正言順，祁鳳翔擱下不應，仍以銳王之名統領冀、豫、幽、雍各州兵馬，整飭內政，厲兵秣馬，以備南下。

29 深諳：非常熟悉、了解。

江秋鏑獨占益州，以莫大為副將軍，李師爺為參軍。改編梁州人馬，軍勢日盛。旬日後，蘇記棺材鋪的老雕工張師傅來到梁州任監軍。木頭心知祁鳳翔還是不放心，一笑而過，也不以為意，便令張師傅督軍，日夕請教。

祁鳳翔走後三日，莫愁領著剩下的岐山兄弟到了天河府，也把蘇離離留下的行李衣物一併帶來，除了《天子策》，還有一個光漆小盒子。蘇離離想起那是祁鳳翔給她的解藥，看看月初將至，便拿起問木頭道：「這個有必要吃嗎？」

木頭蹙眉道：「還是先吃著吧，等妳回三字谷問了韓先生再說。」

蘇離離也不高興了，「哼，打仗嘛，也沒什麼了不起。我跟著你又礙不了你的事。」

木頭將她拉近，款款道：「妳是不礙事，可我會分心啊。」頓一頓，道，「妳我既生在亂世，又怎避得開兵戈。我助他早日平定天下，我們也好安居樂業。姐姐，妳回三字谷等我。益州守將沒用得很，最多兩年，我一定回去。」

蘇離離不情不願道：「好吧，我回去準備準備，等著你回來當棺材鋪的老闆娘。」

木頭糾正道：「是老闆。」

蘇離離冷笑一聲，「哼哼，我才是老闆，你是老闆娘。」

木頭捉住她的雙手，反剪在身後，柔聲道：「是嗎？」

蘇離離看著他來意不善的眼神，吞了下口水，道：「是，當然是。你以前沒聽人家叫我蘇老闆嗎？」

木頭緩緩點頭，「我們來充分認識一下老闆和老闆娘的區別吧。」他用力箍住她的身子，緊密貼在懷裡，將熾熱的吻印上她的唇，伸手扯掉她束外袍的帶子。

蘇離離怒道：「木頭，我跟你說過多少次了，不要用扯的，衣服帶子也很貴的。啊！」

木頭的雙臂枕在她腦袋下，攏著她的頭，抵額喘息，兩人默默抱了一會兒。待呼吸平順，木頭溫柔道：「明天回去了啊。」

蘇離離心中戀戀，「嗯」了一聲。

他壓著她蹭了蹭，愈加溫柔卻掩不住狼牙森森，問：「那誰是老闆娘？」

蘇離離餘韻之中又被他蹭得心裡一陣顫抖，忙低眉咬牙道：「我！」

三月清風徐來，草木揚花秀穗。三字谷裡正是猿鶴交鳴，松竹映翠。莫大與蘇離離從冷水鎮東行半日，沿谷而下。一路險障奇景不絕，蘇離離心思不屬，待落到轉崖石邊，驟然想起三字谷的規矩，忙叫了一聲：「陸伯好。」

說著一拉莫大，莫大尚未反應，陸伯身形如電，倏忽從岩後轉來。莫大大驚，伸手一隔，擋開一掌；再隔，擋開一掌；三隔，已退至岩邊。陸伯輕輕一腳，將他踹出岩邊，回頭對蘇離離頷首和藹道：「回來啦。」

他身後，莫大手舞足蹈，仰天長嘯，摔了下去。須臾，一聲巨響，水花蕩漾。

三字谷中，諸人見蘇離離回來都歡欣得很，噓長問短，一一見過。韓蟄鳴三指搭在她尺、寸、關三脈，沉、浮、遲、數，細細辨來。沉吟良久道：「妳的脈象稍緩，應是這幾日奔波勞累所致，別無病脈。更無中毒之象。」

蘇離離遲疑道：「祁鳳翔說，這種毒你也治不來。」

韓蟄鳴眉毛一擰，矍鑠有神，吐字如洪鐘，道：「我治不來？我治不來的毒還沒出現！」他拉開藥櫃，摸出一個布捲，讓蘇離離一見就苦臉。韓蟄鳴鋪開布捲，裡面都是長短不一的銀針，令蘇離離挽起袖子。蘇離離勉強從命，被他一針扎在她的尺澤穴上。

蘇離離「哎喲」一叫，哀哀道：「木頭還說要回來跟你學醫，可別拿我來練扎針。」

韓蟄鳴兩眼一亮，「當真？」

蘇離離點點頭，「我不想他學的，太難了。」

韓蟄鳴狠狠扎在曲池上，蘇離離一聲慘叫。

針灸半天，又診了半天，韓蟄鳴肯定地告訴蘇離離，「妳沒有中毒。」

蘇離離打開包袱，取出藥丸盒子，拿出一枚遞給他，問：「那這是什麼？他說是解藥，要我每月吃的！」

韓蟄鳴湊近聞了聞，又碾開藥丸細看，最後用針挑起嘗嘗，斬釘截鐵道：「婦科再造丸！」

蘇離離一愣，大怒，將手上的描金盒子一傾，把藥丸稀里嘩啦倒出來，滴溜溜地滿桌滿地跑，盒底卻襯著一張紙，隱有墨蹟。蘇離離遲疑片刻，取出來展開，上面是祁鳳翔龍飛鳳舞的一行字：『我仍舊是嚇妳一嚇。』

蘇離離氣憤難平，「啪」地將紙拍在桌上，咬牙罵道：「祁鳳翔你個賤人，不騙老娘過不下去啊！」頓了頓，又罵，「死木頭，就想把我打發回來。」

其時祁鳳翔始克江城，江秋鏑才下陳倉，同時後背生寒，打了個冷顫。

在三字谷中留了一日，莫大掛念手下弟兄，又念著莫愁，欲回程。他問蘇離離，「妳既沒有中毒，跟我回去不？」

蘇離離躊躇半日，心中放不下木頭，卻搖搖頭道：「你回去跟他說吧，我不去了，就在這裡等他。讓他時時記著，早點回來。」

莫大應了，當日便走。午後蘇離離送他至谷上大道，對他道：「現在太陽正下山，你天黑前還能趕到前面的鎮上住宿。」

莫大笑道：「我一個人還住什麼宿啊，巴不得飛回去了。」

兩人相對一笑。

莫大理一理包袱帶子，道：「我走了。」

蘇離離說：「嗯。」

他點頭去了，步履猶如從前，背影漸漸遠去。蘇離離想起剛到京城，那些流離失所的日子裡，是他幫著開店，做活，拉她去放風。可蘇離離不曾親手掘過一次墳，每次分他一半贓。

莫大走得有些慢，太陽低了，仍讓他覺得刺眼。當旁人都說他不務正業，遊手好閒時，蘇離離卻說，我覺得你人好，心地正直又重義氣，才不是別人說的那樣。他說是嗎？蘇離離稚氣未脫的臉上滿是沉穩，點頭道：「是的，你肯定有出息。」

他漸漸走進夕陽的餘暉裡，蘇離離大聲道：「莫大哥，今後空了，和莫愁姐來看我啊！」

莫大沒有回頭，隔了一會兒才反手揮了揮，高聲道：「知道啦。」

蘇離離自此便住在木頭當日住的小木屋裡，從冷水鎮買來鋸子、鉋子、鑿子，從最普通的木料練起，改板、打磨，雕刻，無不細緻從容。一日與韓夫人到冷水鎮外面趕大集，在地攤上發現一本《槨棺槽櫝考》，不想竟有人著這樣的書，買回去看，依樣畫了些圖。閒來無事，跑去看從前在河谷發現的那塊巨大的陰沉木，仍然用土掩好。

大半年時間做好一口杉木大棺材，稜角分明而不失圓潤，尺寸具足，嚴絲合縫，古樸卻精細。韓真看了道：「蘇姐，照妳這麼細做，一年也只能做出一具棺材來了。」蘇離離笑道：「妳若要做嫁妝，我保證一月製好。」韓真臉一紅，啐了一下，轉身就走。

韓真年前照料一個年輕的幫主養傷，那人對她十分有意，傷癒之後每月快馬千里，來回一趟，專為看她。韓蟄鳴開始不允，看那人堅持一年，有些鬆動的意思了。故而韓真一提到這事就臉紅。

第二天，蘇離離請人將那具做好的棺材抬到碧波潭邊，巧舌如簧，賣給了來找韓蟄鳴看病未遂的人，得了銀子存在一個大甕裡，沒事倒出來數數。

過年時，祁鳳翔兵馬已渡江，南下至冷水鎮北七十里，快馬一日可到。祁鳳翔盤桓數日，知她愛詐小財，將從南軍中搜出的金銀裝滿一個樟木小箱子，令祁泰帶人抬送到三字谷。祁泰回報曰，蘇離離眉開眼笑，向他問好，歡迎下次再來。

彷彿能看見她那狡黠奸詐得到滿足的得意，祁鳳翔笑而無言，心裡終究有些放不下，近在咫尺也不願再見到她，停了兩日，揮師西向。那一箱金銀約有百斤，蘇離離甚喜，將韓夫人廚房裡的鍋碗瓢盆改善一新，又添木工用具無數。她每天做午飯，韓夫人做晚飯，午後便拾塊木頭練練線雕，再改改棺材圖紙。

臘月二十八，三字谷下了雪。碧波潭邊團團爛銀般積雪，潭水卻仍溫熱暖和。三十這天，蘇離離在潭水流下處洗了一簍衣服，洗著卻想不知木頭的衣服是誰在洗。抓起簍子往回走時，崖上「撲通」一聲扔下一人，片刻後冒出腦袋。

蘇離離認出是莫大手下一個得力的小兄弟，那小兄弟摸出一封油紙封了的信。蘇離離取出來看，尺方的紙上只得木頭四個飽滿的大字，清雋不改，寫著「安好，勿念」。

蘇離離恨恨道：「誰念他了。」又低頭看一眼，「還真簡潔啊。」

那張紙被她拿回去好好收到枕下。

木頭沿西一路南下，惡戰一年，竟打通梁、益奇險絕地。戰報呈到祁鳳翔手中，激賞之餘也不禁慨嘆，一切事情到了江秋鏑手中，都可刪繁就簡，迎刃破解。簡潔，原是智慧所在。

六月，荊州被圍，祁鳳翔劍指其東，木頭兵臨其西，左右打了一個月，盡得三分之二，只餘四郡未下，兩下裡[30]整兵，擇日再戰。祁鳳翔一時興起，令人請江秋鏑到黃鶴樓小聚。

這天風急雲低，木頭一日輕騎百里，趕到武昌。黃鶴樓層層飛簷，矗立山間。拾級而上，空蕩無人，頓覺古今倥傯[31]。到得頂上，四面窗戶大開，祁鳳翔獨自憑窗，山雨欲來風滿樓，天外半是烏雲，半接流水。他月白錦裳的袖子迎著風獵獵鼓動，似欲九天翺翔。

30 兩下裡：雙方。
31 倥傯：事情紛繁、窘迫的樣子。

木頭束髮窄袖，黑衣勁裝，緩緩上前，隔著數尺並肩而立，眺望四野。江漢平原千里，又有丘陵餘脈起伏於平野湖沼之間，斷續相連，猶如巨龍臥於浩渺煙波。木頭望著楚天遼闊，不禁讚道：「武昌確是氣象非凡之地。」

祁鳳翔也不轉頭，淡淡道：「古時這裡叫作盤龍城，正因其山川形盛而得。可惜山勢聚而不散，水流支離不純，雖有地氣龍脈，立國亦不能長久。」

木頭轉頭看了他一眼，嗤笑一聲，「你什麼時候學起風水堪輿了？大凡勘測天機的人，都窮困潦倒，不學也罷。」回身就桌邊坐下，兀自用青瓷酒杯倒了一杯酒，卻是山西汾酒，醇香清正。

祁鳳翔微微一笑道：「從前雜學旁收，風水之術倒也粗通皮毛。」

木頭執杯一飲而盡，讚道：「好酒。」

祁鳳翔回身在他對面坐下，「你就不怕我在裡面下毒？」

木頭再斟一杯，「偏你這麼多心思。不喝我就喝光了。」

祁鳳翔笑笑，接過酒壺來。風將窗邊帷幕高高吹起，更增飄搖之慨，滿天木葉飛舞，一派混沌乾坤。天邊傳來隆隆雷聲，野雁頡頏低徊，棲落在平沙江渚。

祁鳳翔端杯迎上前，木頭將杯一碰，相對飲盡。豆大的雨點沙沙落下，二人坐看雨勢，片刻之後，天地婆娑，大雨滂沱。遮天蔽日的氣勢令人畏懼而神往。

祁鳳翔淺斟薄飲，捏著杯子道：「你上次找我時跟我說了許多話。我想了這些時候，還是想不通。」

木頭道：「什麼地方想不通？」

祁鳳翔放下杯子，認真道：「打個比方說，你和她遇險，二人之中必死一人，你會選誰去死？」

木頭淡淡道：「無論什麼時候，我都要她活著。」隱約帶著當初蘇離離說木頭一定會來找她時的堅定。

祁鳳翔扶了桌邊，沉吟道：「這有什麼意義呢？一樣是分別。你活著卻比她活著有用得多。」

木頭忍不住笑，搖頭道：「我早就說過，不要衡量比較。你一衡量，就不是那個意思了。」

祁鳳翔兀自思索半日，也搖頭道：「這未免太沒出息了。」

「你現在這樣想罷了，未必就做不出來。」

祁鳳翔也嘆道：「但願我做不出來。」頓了頓，又問，「你今後有什麼打算？」

木頭微微一笑，目光變得柔和，「辦完這邊的事就回家。」

回家，世間住所雖多，卻很少有能稱為「家」的。祁鳳翔止不住有些泛酸，溫和地搧風道：「你父王本是忠臣，我還想著封你為臨江王，制藩建政，重振一下家業呢。」

木頭無力地看了他一眼，點著桌子道：「你可真是……本性難移。」

兩人一齊笑了。

一席酒飲至雨停，一句也沒談軍政。但見碧空如洗，沉江似練，賓主盡興而歸。

兩月後，兵會江陵。祁鳳翔先一步入城，左右等了一日，方見張師傅獨騎而來，見禮畢，言道：「江秋鏑說允你之事已了，他就此告辭。」

城門外駐軍，只剩副將軍莫大領軍，軍師參將李秉魚輔佐。

祁鳳翔沉吟半日，什麼也沒說，分紮人馬畢，徑回京城。

百姓夾道迎慶，天下大統，終是站上那至高無上的位置。京中早有安排，當月便改元登基，大赦天下，封賞百官。

詔書之前列者，封江秋鏑為臨江王，特旨可以不履職、不理事、不朝參，虛銜遙領。

祁鳳翔制政，以寬厚為綱，以民生息；以嚴峻為目，以彰公允。一二年間，已隱有太平盛世的氣象。

三年正旦之日，百官大朝，藩王屬國盡皆來賀。祁鳳翔一派和煦，圓融貫通，雖笑意盎然，也令人又敬又畏。

須臾忽有內侍報來，曰義威將軍莫大要轉呈臨江王賀禮。祁鳳翔微微一愣，意興頓生，道：「傳上來。」

十八人前後左右一步一喝地抬上一個極其沉重的東西，漸漸近了，便見是一具極大的棺材，八寸厚板，三衽三束，乃天子葬儀的內棺規格。

人人看見都要讚一聲「好棺材！」非金非玉，卻如金石般堅硬；非漆非畫，卻比漆畫更加光亮。素色天然紋理，鋥亮鑒人，伸指一叩，竟叮噹作響。站近一尺，便有幽香襲來。

一時眾人皆忘了棺木之不吉，紛紛咋舌稱嘆。祁鳳翔起身上前，看了片刻，手上勁力一推，沉重的棺蓋滑開小半，就見棺內襯著七星隔板，板上放著一個藍布包裹。那年蘇離離說要親手做棺材送他，事過境遷，他忘懷已久，往事卻在看見這七星隔板時，驟然撞入心懷。

祁鳳翔說不上是喜是慨，伸手拿出那個包裹，布帛之下是一個烏金匣子。匣子一經拿出，殿上群臣有認識的，都發出一聲低嘆。祁鳳翔自懷中摸出那把鑰匙，辨明方位，插進三棱孔，一擰，鎖簧二十餘年後竟「喀嗒」一響，開了。

人人屏息看著，祁鳳翔緩緩揭開蓋子，裡面四四方方一塊玉石，兩邊襯了水晶塊，嚴密地嵌在匣中。祁鳳翔就棺蓋上倒出看時，方見那三寸見方的羊脂白玉是一枚印章，底下刻著陽文篆字。他握在掌中辨了片刻，印上四字，刻著「大勝在德」。

祁鳳翔又看了看匣子裡，別無他物，原來如此。他沉吟片刻，忍不住笑了起來，漸漸笑響，竟止不住。文武百官都不知他看見了什麼，一時愣愣發呆。待他止了笑，方吩咐道：「臨江王的賀禮朕很喜歡，暫置立政殿偏廳之中，令能工巧匠照樣製槨[32]吧。」說罷，將印攏入袖中，散朝而去。

眾人恭送，卻始終不解那《天子策》中乃何物。

午後禮祭天地，夜宴群臣，直到亥時末刻方還寢宮。除了正裝，梳洗畢，換上織金五爪團龍服，月白底色，袍袖舒展，閒適之間不掩天子氣象。頭髮散在肩背上，一把烏黑流溢，襯出他散淡而不羈的美。內侍入請是否召後宮侍寢。祁鳳翔淡淡道：「太晚了，免了吧。」鎦金銅燈下，看了半夜摺子，農耕水患到修文偃武，或批覆，或留中，一一整理。萬事熟練，天子也並不難做。他停筆小憩時，望見硯中朱砂豔麗，心裡一動，靠在椅背上靜了靜神，緩緩步出寢宮，月光如水般照在白玉欄杆下。

值寢的內侍正當瞌睡，不料他忽然出來，嘩啦啦跪下一片。祁鳳翔隨手一指，道：「掌燈，去立政殿。」他抬腳便走，兩個大太監忙提宮燈跟在身後。藉著月光來到立政殿偏廳敞

32 槨：棺材外面的套棺。

軒裡，那具陰沉木棺靜靜擱在殿中。

祁鳳翔沒有回身，只做了個手勢，兩個大太監知趣，擱下宮燈，躬身退下。他白天不及細看，此時卻禁不住提起燈，每一個細緻處的線雕花邊都不放過。棺木寂靜無聲，蓋幫底，四稜邊角，無不精緻，竟讓他憑空對一具棺材生出喜愛之心。

蘇離離賣他棺材叫價昂貴，做工卻差強人意，送他的棺材恰恰相反。想起往事，祁鳳翔不禁微笑，說遺忘卻已鐫在某個不知名的地方。他漸漸收了笑，手指撫過每一道雕花、每一個線條都無限留戀，像握著那人微涼的指尖。歲月中有萬種風情令人回想。

祁鳳翔扶著棺沿望向檻外階下，月光下白玉砌成的石階延伸到殿外，遠而靜謐，步步行來，負重而艱險。人世間的繽紛情事，本就無畏無悔。

那一年，他站在蘇記棺材鋪的屋簷下，看她秀美的腳踝像開在雨裡的小把茉莉，盈盈一笑，便扎在了心裡。

愛如平野風起，不知何處來，不知何所終。

而山河高遠，江湖杳渺，從此寂寞輝煌，從此雲淡風輕。

十月的三字谷，初秋，木葉微黃，一片絢爛。

清晨，蘇離離打開門，明麗的陽光中有一個頎長挺拔的身影，在門外靜立。征塵未洗，風霜猶在。陽光映在蘇離離的臉上，她微微瞇了眼，照出一個恬淡的笑容，語調有繾綣的澀滯和由衷的歡喜，她輕聲道：「木頭。」

七年前他被她所救，五年前他默然離她而去，時至今日，江秋鏑笑容純淨，眉目俊朗，終是笑道：「我回來了。」

萬葉秋聲在剎那間變作人世安穩，歲月靜好。

七日後，正是韓真出嫁的日子。那位對她矢志不渝的少幫主終於在去年得到韓蟄鳴首肯，納了聘。只有一條，婚禮必須要在三字谷辦，辦完才能將韓真接回去，二人每年必須回來一次，那少幫主都一一應允。

是日，韓夫人將韓真打扮好扶出房拜了天地，送入洞房。入夜，蘇離離和木頭坐在屋外抬頭看星星，許久不見，蘇離離總是黏在他身邊。因為幫著韓夫人打扮了韓真，於是她嘆道：「韓真今天可真漂亮。」

木頭輕聲道：「是嗎？」

蘇離離看了他一眼，見他心思飄遠，「是啊，怎麼，你酸了？」

木頭大怒，「妳再這樣無聊，看我怎麼收拾妳！」

蘇離離看他真生氣了，挽住他的手臂，「嘻嘻，你猜他們現在在做什麼？」

木頭恨恨盯了她片刻，道：「不知道！」

蘇離離兀自感嘆，「那你猜，他們第一次能不能成？」

木頭四顧左右，像見了鬼一樣看著她，「妳注意一下體統好不好？這種話也好意思堂皇出口！」

蘇離離瞪大眼睛，無辜道：「我怎麼了？你前天給我看的那本書上就說了，男女初夜，十九不成。」

木頭被她打敗了，扶額良久嘆道：「有什麼不成的？心狠手辣就成了。」

蘇離離冷笑兩聲，「看出來了，你就是這種人。」

木頭抓頭髮，側身一把抱住她，顧左右而言他道：「我們要不要補一個婚禮？把妳也打扮得漂漂亮亮的，捉在堂上拜天地。」

蘇離離發現他做了兩年大將軍，為人越發有控制欲了，拜堂都要用捉的，遂懶懶答道：「懶得折騰。」

木頭凝視她半晌，遲疑道：「我是怕妳覺得我們的親成得不太……」

蘇離離抱著他的腰蹭了蹭，指點道：「我覺得很好，我就喜歡在鋪子裡，那是我們的家。我們倆就成了，要別人來做什麼？要那些俗禮做什麼？都是做給別人看的。你看韓真他們今天應酬了一整天，這會兒肯定沒精神了。」言罷，詭笑。

木頭聽她說得實在，忍不住大笑起來。

一個月後，木頭正式拜了韓蟄鳴為師，韓蟄鳴一暢老懷。蘇離離有些小風寒，咳了兩天，韓蟄鳴給她診脈，無意間說道，蘇離離幼年遭遇離亂，風餐露宿沒有好好調養，血氣有虧欠，不易致孕。

蘇離離強辯道：「我一般都不生病。木頭受過外傷，又受過內傷，為何不是他有問題？」

韓蟄鳴拈鬚道：「他受外傷，那都是筋骨皮肉之傷。他的內傷現在不僅好了，且內力充盈。習武之人，內力豐沛，則身體康泰。妳才有內傷，現下早睡晚起，心情舒暢，好吃好喝，慢慢補起來吧。」

蘇離離回到房間，撲進木頭懷裡，鬱悶道：「你只好停妻再娶了。」

木頭大聲道：「說些什麼呀！」

蘇離離頓時從老虎變小貓，弱弱地抬頭，「你另找個能生的吧。」

木頭哭笑不得，「韓先生不是說了，妳就是身體底子弱了些，調理一下也未嘗不可。咱們總要試試吧。」

蘇離離道：「一來二去太耽誤你了。不如這樣子，先試五十年吧，不行再說。」

木頭順著她點頭，「五十年未免太短了，怎麼也得試個八九十年。」

不知是福至心靈，還是運氣使然，三個月後，蘇離離頭暈作嘔，韓蟄鳴一診，有孕兩月有餘。蘇離離很驚愕，木頭看似很淡定。韓蟄鳴更加淡定，一招木頭，道：「你去切一切她的脈，告訴我是什麼脈象。正愁這裡沒有來求治生產的人，怕你找不準脈。」

此後數月，木頭不離她左右，也不准蘇離離爬上谷口去，什麼都是他去辦。且每天要把脈二十次以研究脈象。蘇離離眉眼一瞇，問道：「你們這是讓我生孩子還是坐牢？把我當教材了啊？」

木頭寬慰她道：「再過五個月我就不拘著妳了。」

「五個月？」蘇離離疑道。

木頭點頭微笑，「五個月。」

五個月後，木頭不制止她行動，蘇離離自己卻不想動了，成天懶懶的。木頭卻要拉著她到處轉轉。有時候蘇離離煩悶起來發一發脾氣，木頭也總讓著她，像哄小孩一樣，說今後帶她出去玩，天南地北都可以。

孩子七個月的時候，木頭細細地把了她的脈，笑道：「女兒。」

蘇離離猶疑了一下，問：「你喜歡嗎？」

「我喜歡啊。」木頭輕輕抱著她。

蘇離離沉吟片刻，「我們打個商量好不？女兒跟我姓蘇。」

木頭溫柔不改，卻斷然道：「不行，第一個孩子要跟我姓。」

「那……那第二個跟我姓？」

「第二個孩子也跟我姓。」

蘇離離無力道：「那哪個可以跟我姓？」

木頭握著她的手，誠摯點頭道：「哪個都不能跟妳姓，妳可以考慮跟我姓。」

「……」

又過了兩個月，蘇離離臨產。得益於木頭帶著她閒逛活動，疼了一個時辰，女兒呱呱落地。正值仲夏，木頭便給女兒取名為半夏。

蘇離離正色道：「木頭，我們要是再生孩子，是不是要叫藿香、艾葉、天南星啊？」

木頭那段日子正在製辰砂半夏丸，聽了這話，深以為然，道：「再生女兒可以叫辰砂，要是兒子叫南星也不錯。」

蘇離離暈倒在床，「你這也太欠水準了。」

他坐在床沿，反問：「那妳能取什麼好名嗎？」

木頭已不復青澀沉默的少年，更兼沙場歷練，眉宇之間是成熟男子特有的氣韻，常常讓蘇離離覺得自己彷佛是他的孩子，要他哄著拍著提點著才能過得安生。她情腸一轉，嬌態橫生，湊過去親了親他的額頭，「我取過呀，木頭就是好名。」

每當蘇離離露骨地表達愛意，木頭就萬分受不了她，瞪了她一眼，吶吶半晌，道：「好吧，只要妳不取十三圓、四塊半什麼的，今後再生就讓妳取名字。」

半夏七個月大時，莫大從江南調防回京。臨走之前，木頭攜蘇離離去會他和莫愁。四人相見開懷，共敘別情。蘇離離和木頭一走月餘，韓夫人倒是樂意帶著半夏，只是蘇離離想女兒想得受不了，會回到三字谷，抱著半夏，望著她圓圓的小臉想，這就是塵俗羈絆。如木頭所說，雖束縛，也心甘情願。

此後天下大定，百姓安居樂業。蘇離離當初賣房子的錢，以及後來攢的銀子，不下三千兩，卻始終藏著，不願意揮霍。木頭知道她因從前生計窘迫而落下了毛病，循循善誘，教她當用則用。於是買來上好青磚，在三字谷空處，韓蟄鳴藥廬約里餘之地砌了一座大院子。

青瓦白牆仿若從前的鋪子，房間左三右二。幾圍籬笆，都在腳下栽上藤蔓，周圍種菜植藥。木頭的醫術日益精進，韓蟄鳴時常挑出病人來讓他治。蘇離離收拾房屋，閒來便做一做棺材。因為不必以此謀生，她一年也做不出三具，卻具具精細上乘。

十餘年後，江湖傳言，若不能求得韓蟄鳴醫治，可求得盡得他真傳的徒弟醫治；若求不得他的徒弟醫治，則可求得世上最好的棺材盛斂。

總之，江南三字谷，傷病好去處，一朝治不得，買棺就入土。

女兒一歲時，兩人再出谷遊歷。蘇離離特地去了一趟母親過去學藝的太微山，希望能找到時繹之，然而遍尋無蹤。木頭沿路找尋珍貴藥材，二人流連良久，世間的風月奇景，所思所得都同分同享，宛然如一，再無缺憾。

入臘月時，回到三字谷。半夏已經能走會說，撲過來就叫爹爹。木頭從冷水鎮買了一些爆竹煙花來放，半夏嚇得直往蘇離離懷裡縮。晚上女兒睡了，木頭燈下托著腮，望著蘇離離，雙目閃閃道：「妳還記不記得那年我跟妳說的碧波潭？」

「什麼？」蘇離離不記得了。

「我們可以在裡面……」後面省略數字。

「啊？」蘇離離驚詫了。

木頭站起身來，微微笑道：「今天除夕，正是歲末陰陽相交之時，我們去試試吧。」

「啊！」蘇離離尚未從震驚中恢復過來。

「走嘛。」木頭半哄半迫。蘇離離臉色緋紅，愣愣間被他拉出去。

碧波潭邊結了冰雪，潭水仍冒著熱氣，汩汩流下那一路冰凌的小徑。木頭道：「脫衣服。」黑夜中昏暗不清，蘇離離有些怦然心動，用手握了臉，嬉笑道：「你先脫。」木頭「哼」了一聲，「脫就脫。」伸手解下外面棉衣，再俐落地脫下中衣，露出上半身結實流暢的肌理。

蘇離離怎麼看都看不夠的，伸手想感受一下他身體特有的柔韌彈性，才觸到木頭的背，頭頂風聲一響，「嗖」地一人落入，或說是鑽入水中。但見木頭站住一動不動，便知來人是友非敵。片刻之後，陸伯鑽出水面道：「咦？你們為何在此，你怎的脫成這樣？」

木頭板著一張棺材臉，「洗衣服！你呢？」

陸伯「哦」了一聲，「過年了，趁著夜裡沒人，來洗個澡。」忽然興致一起，「你要不要下來切磋兩招？」

木頭應了聲「好啊」，轉瞬一招擊了過去，未盡全力，水花已激起三尺。陸伯本是數一數二的高手，連忙一躍而起，擋開他這招。木頭後招連綿不斷，已「唰唰唰」地攻了過去，痛下殺手，陸伯大驚逃走。

這次嘗試以比武大會告終。

春眠不覺曉，處處聞啼鳥。這天木頭早醒，天剛濛濛亮，空氣清新，山色如洗。木頭心情大好，趁著蘇離離還沒睡醒，把她抱到碧波潭邊。蘇離離縮在他懷裡，「你又要幹什麼？」

木頭用充滿愛的純潔眼光瞅著她，蘇離離暗暗詛咒了一聲，伸手扒他的衣服。木頭體貼地替她把頭髮綰起來。正在這解衣緩帶，柔情蜜意之時，池中水花一響，又掉下來一人。

蘇離離與木頭保持著解衣半摟的狀態，眼睜睜看著水面冒出一個光頭。十方合掌欲言，突然又噎住了。木頭飛快地把蘇離離掩在身後，怒道：「一大清早，你來做什麼？」

十方莞爾一笑，如醉春風，侃侃道：「下月十四是皇上三十壽誕，大宴百官，令我來問問，臨江王是否有意回京一敘？」

木頭想也不想，咬牙道：「沒有！」

十方笑得越發風姿綽約，合掌行禮道：「二位請參歡喜禪，貧僧少陪了。」言罷，運起卓絕輕功，逃也似地飛奔而去。

蘇離離把臉埋在木頭的背上，簡直要咬人了。木頭抬頭看了谷口一眼，拉起蘇離離默默地回屋。這次嘗試以禪定的思考而無妙悟告終。

連雨不知春去，一晴方覺夏深。時序遞嬗，又屬炎炎。傍晚太陽下去，餘熱散盡，蘇離離開軒納涼，隱約露著脖頸鎖骨。木頭是個意志堅定，百折不撓的人。他若想做一件事，無論如何都要做成。

他輕吻了她的下巴，蘇離離聲音柔軟道：「不想動。」

木頭拉開她的領口，吻到肩上，含混道：「妳不用動。」

蘇離離既不推拒，也不迎合，還是懨懨道：「怪熱的，別弄得一身是汗。」

木頭咬上她的耳垂，「水裡就沒汗。」

幾番勸誘推辭，蘇離離給半夏蓋好薄毯，二人潛至碧波潭。潭水澄清明淨，夏日摸著微微溫熱。蘇離離前後左右看了又看，木頭道：「陸伯今天去冷水鎮了。韓先生他們都睡了，這時節沒人來打擾。」

蘇離離紅著臉笑笑，皓月之下，百種風情。木頭一把將她推到旁邊石壁上，動作雖迅猛，卻知道預先將手墊在她腦後，以防撞在石上。下一刻，木頭已吻上她的唇，輾轉纏綿，不願放開。蘇離離不覺情動，輕吟一聲，微微睜眼時，眼角餘光一瞥，忽然驚叫出聲。

木頭驟然停下，回身看去，半夏睡眼惺忪，卻專注地看著他們。三人瞠視半晌，半夏奶聲奶氣道：「爹爹，你們在做什麼？」

木頭握拳看著兩歲的女兒，蘇離離方才那縷情思半分也無了，忙整了整衣襟，上去牽起女兒道：「剛剛還在屋裡睡著，怎的跑出來了？」

半夏毫不客氣地摟著蘇離離的脖子任由她抱起來，委屈道：「我醒了沒看見娘，我害怕，就出來找妳了。」

蘇離離默然片刻，滿懷歉意又柔情萬千地看了木頭一眼，抱著女兒往回走了。木頭過了半天才悻悻而歸。這次嘗試以家庭聚會告終。

第二天晚上，木頭對熟睡的半夏輕輕一點。蘇離離驚叫：「你做什麼呀？」

「放心，我有分寸。」

蘇離離看他臉色不善，小心道：「你還要去？」

木頭冷冷地撂下一句話，「今晚再有人來，我遇神殺神，遇佛殺佛！」

此言一出，神佛皆畏，凡夫俗子更要靠邊了。終於在幾番嘗試未果後，木頭成功達成了願望。下半夜時，木頭心滿意足地抱著癱軟無力的蘇離離回屋了。

這個夏天，蘇離離又一次懷孕，抱著木頭的脖子耍賴，「生完這次我們就收手不生了吧。」

木頭點頭，「依妳。不生可以，但是不能不……哼哼。」

蘇離離愁道：「那要怎麼辦？」

木頭輕描淡寫道：「這個好辦得很，師傅有祕方。」

七夕當夜，蘇離離與木頭並肩坐在屋外簷下，仰觀星河燦爛。她倚著木頭的肩膀，有些模糊要睡的感覺，卻有一句沒一句地和他說著話。

蘇離離道：「我生在七夕，我爹說日子不好，就給我取名離離。是想用『離』字來破這半生流離。」

木頭攬著她的肩，「他是要妳野火燒不盡，春風吹又生。妳看妳多彪悍，當初我才見妳那惡毒模樣……」

蘇離離輕笑著打斷他，「你怎麼就忘不了呢？」

「我一輩子也忘不了。」

蘇離離模糊呢喃道：「我也忘不了，你的樣子……溫順可憐，眼神……卻沉默倔強。」

她慢慢倚在他懷裡睡著。

木頭靜靜坐著，似被她話語之中平淡的尾音帶回曾經的過往。他默然良久，見蘇離離已睡著，輕手輕腳把她抱起來。屋簷月光下，她的面容宛如初見，又宛如歲月中喜憎聚散的疊加。那一刻傾情在沉澱中破空而來，擊中木頭心底最柔軟的地方。

他低下頭，親吻懷裡的她。

當時相見早關情，驀然回首，已是十年蹤跡十年心。

——《蘇記棺材鋪》完結——

番外·天涯各一方

江湖上有位朋友曾說，京城友無至友，敵無死敵，可人們還是爭相往那城中去，或崢嶸或蹉跎地度過此生。正因如此，京城的風土人物總是比別的地方要繁華出眾。

正是八月秋高時節，這夜扶歸樓坐了半樓酒客，好不熱鬧。人多的地方少不了嘈雜，嘈雜的地方也就少不了江湖傳聞。能說的、不能說的，有機會要說，沒有機會，創造機會也要說。只見臨近樓梯的一位帶刀客對同桌道：「唉，我兄弟好好押趟鏢，竟然病死了一個。可惜，這京城中沒有物美價廉的蘇記棺材鋪！」

端酒水的跑堂小二點頭賠笑，「客官，有的，從前有一個，十年前不知怎的，關門了。」正說話間，一個六七歲的小男孩爬上樓來。他雖穿著布衣，那身衣服卻整潔簇新，小孩的目光四面一掠，就一蹦一跳地朝著空桌去。

小二銜他身後看看，沒人，忙趕上去要說話。那小孩已自己爬上凳子，坐了下來，袖中掏出一小塊碎銀在小二眼前晃了晃，嘻嘻笑道：「我聽說你們這裡的酥酪好吃，煩你給我端一碗來，再要一個楓糖脆藕，一個黃金蜜瓜。」他聲音清脆響亮，引得旁人紛紛側目。小二接過銀子，那小孩卻托腮望天，全不看眾人一眼。

大夥看了片刻，眼睛又收回自己桌上，就聽那鄰桌一人怪道：「我倒是聽說這蘇記棺材鋪各地都有分店，怎麼京城裡反而沒有呢？」

一人想當然插嘴道：「莫非得罪了什麼權貴？」

「哼哼，」一個糟老頭冷笑，「你一看就是不知道的，他家怎會得罪權貴？蘇記棺材鋪的匾額都是御筆親題的。」

一沾到御筆，眾人的耳朵都豎了起來。有些自詡知情的，便嘿嘿笑了。那不知道的如何按捺得住，你勾我藏、欲說還留地把這原委道出來。原來蘇記棺材鋪的蘇老闆，本是前朝重臣的女兒，她曾說，她家以前有皇帝寫的匾額，當今皇上聽說了，就自己寫了一塊給她。

此言一出，酒樓刹那間靜了一靜，只聽見那小孩吃酥酪的聲音，一口咽下，他滿意地抬頭，「真是好吃。」

座客裡一人不知是明知故問還是不知而問：「當今皇上怎會知道這位蘇老闆？」眾人你望我，我望你，片刻之後終是有人忍不住了。

「這個嘛……一言難盡。江湖中歷來有《天子策》的傳聞，據說當今聖上平定冀北時，也有種種奇遇……那蘇老闆和這奇遇也沾邊了。傳說中，這個蘇老闆，和……」那糟老頭一番語焉不詳後，嚴肅地朝天拱了拱手，繼道，「有一腿……」

四座又是一片默然，只因這傳說撓人心，卻又不可在這大庭廣眾宣之於口。每一顆悶騷的心靈，都為這傳說而激動了。那老頭見無人應聲，才知犯了悶騷之大忌，連忙圓場道：「都是些江湖閒人胡說八道！今上聖明，怎會有這些莫名之事……」他心中卻想：要沒這事，你無端寫那匾額做什麼？

多數人不知作何感想，少數人嘿嘿而笑，活躍氣氛，眾人知情識趣，便又各自談論起不相干的事。老頭暗自擦了把汗，後悔今日喝多了，只聽旁邊一個清脆響亮的聲音問道：「老伯，什麼叫有一腿？」

老頭看向那個擺著脆藕蜜瓜的桌子，小孩猶自用一雙烏溜溜的眼睛天真無邪地看著他，滿臉的求知欲。老頭張嘴想說，克制了半天，扶額嘆息道：「幼小，太幼小了……」

小孩一臉無辜地跳下椅子，嬉笑著往小二身邊湊去，自來熟地問：「小二哥，我才喝了不少水，你家的茅廁在哪裡？」小二指給他方向，他大方道謝，便下樓往後堂去了。少時，那小孩回到桌上，似乎心情大好，又叫了一碗酥酪，一點一點慢慢吃著。

半個時辰之後，扶歸樓的茅廁人滿為患，接踵擦肩。小孩坐在凳上笑得嘻哈不絕，跑堂小二著了慌，一番人仰馬翻後，客人去了大半，只剩幾個人，和一些零落的餐具與杯具擺在桌上。那小孩看夠了戲，吃完了飯，拍拍手正要走人，只聽身後有人喚他：「阿楠。」

小孩回頭看去，卻見一個錦衣人，憑欄而坐，拈著個酒杯向他舉了舉。他身後左右尚站著兩人，身高體壯，各自面無表情。阿楠遲疑道：「叔叔，你認得我？」

那人問他，「你果真是叫阿楠嗎？」

阿楠點點頭，「我爹爹娘親和姐姐叫我阿楠，楠木的楠。」

那人笑了一聲，笑容淺淡一現，卻給他那種散淡態度添上幾分桀驁。他招手叫阿楠，「你過來坐。」他的態度溫和，卻不知為何，彷彿帶著一種不可抗拒的力量。

阿楠走過去，仰頭看著他的臉。他的神氣越是桀驁，卻越是溫和地問：「阿楠，你給他們吃了什麼？」

阿楠兀自看了他半晌，才爬上他旁邊的凳子，懸著兩腿晃悠，「我太師傅說過，有些人裝著一肚子齷齪，須給他們吃些巴豆大黃，上下通瀉幾天，就好了。」

那人莞爾，「那你娘怎麼說呢？」

「我娘說，她的名聲生生是讓……」阿楠也學著老頭的樣子，極有江湖氣地向天拱了拱手，「那位給拖下水了。」

那人莞爾之中似乎帶上幾分得意，「那你爹怎麼說呢？」

阿楠眨了眨眼，用滿臉的純真掩飾同情，「我爹說弱者的抗爭總是這樣的，暗中使壞，造謠誹謗、放任流言之類，不足為懼。」

那人聞言頓了一頓，又問：「那你姐姐呢？」

阿楠微微笑道：「我姐姐說，有一段強大的緋聞，是成功人生的象徵。我娘就很成功！」

其人望天無語。

阿楠清一清嗓子，問：「叔叔，你想知道我怎麼說嗎？」

「……」你這一家能說得出好話嗎？

因為他不說話，阿楠便也不說話。少時，那人輕聲道：「說呀。」

阿楠道：「我覺得你也很成功。」

他神色莫測，似笑非笑道：「這是怎麼說呢？」

阿楠一拍胸脯，「小孩的直覺！」

那人嗤笑一聲，阿楠偏著頭問：「叔叔，你喜歡這個直覺嗎？」

他點點頭，目光淺淺地望著酒杯中澄清的酒，似乎想說點什麼，半晌，卻輕輕止住了。

阿楠低頭，眼珠子轉了轉，仰頭笑道：「叔叔，我爹娘還在等我呢，我得走了。」

那人淡淡笑道：「你吃飯、下藥，哪有半分著急的樣子？」

阿楠想了想，道：「我縱然不急，只怕他們也急了。也罷，等他們來尋我吧。」

那人沉吟道：「他們在哪裡？」

「哦，就在那邊的祥雲客棧。」

那人眼神銳利地掃了阿楠一眼，阿楠還沒來得及害怕時，他又浮上一個笑容，右手握了拳，虛抵在唇邊，低聲道：「那你還不快去找他們？」

阿楠點點頭，「叔叔不一起去嗎？」

他淡淡地說：「不用。」

阿楠便一蹦一跳地下樓，轉過街角，正遇著一個小姑娘四處張望。阿楠跑過去叫道：

「姐姐，我在這裡。」半夏沒好氣地數落道：「你就是不聽話，我再不帶你出來玩了。」話未說完，被阿楠一把拉到牆角，「姐，我剛剛見到那個人了！」

「哪個啊？」

阿楠重重點頭，「強大的緋聞！」

「啊啊啊……啊！」半夏激動地低聲尖叫。

阿楠一把拉住半夏，淡定地說：「別過去，我好不容易才擺脫他。」

「啊，讓我看一眼，看一眼再說！」半夏不由分說地拉著阿楠，從街角探出頭來。那個人正站在樓上欄杆之後向外眺望。半捲的竹簾反出淡淡的燈火，映在他臉上，柔和而輕緩。他的神情很平靜，然而風神氣度淡化了身邊所有背景。

半夏看了半晌，感嘆，「太……酷……了。」

阿楠在後小聲道：「是很酷，要是讓他知道只有我們倆在這裡，也許會更酷。」

半夏把頭縮回來，做賊似地問：「他認出你了？你剛才怎麼跑掉的？」

「我騙他說我爹娘在這邊，他就不敢過來了。」

「嘖嘖，娘真是厲害！」

「他八成是怕爹爹……」

姐弟倆牽著手，一邊說著，一邊沿街走遠了。

初秋涼爽，濃烈的意象消弭，卻帶來一種沉鬱，像經過蒸釀的酒，獨自醇美。

「呵，傳說……」樓上的人輕聲自語，手指無意識地擊著雕花的欄杆。

迎面有風，日居月諸，照臨下土。

不想見的人，無所謂喜憎，也不是沒有機會，就是不想見到。

暫時會忘記，偶爾會想起，想起時只記得她的好，這就是好的結局。

世上的感情，可以善始，大多沒有善終。也許真的需要時間才會明白，沒有善始，彼此卻小心維護著善終，這是帶著珍惜的心意。

祁鳳翔站在樓上，望著遠處城牆的輪廓，只是笑了一笑。

——《蘇記棺材鋪》番外完結——

高寶書版集團
gobooks.com.tw

YE 050
蘇記棺材鋪（下）

作　　者　青　垚
責任編輯　眭榮安
封面設計　半帆煙雨
內頁排版　賴姵均
企　　劃　何嘉雯

發 行 人　朱凱蕾
出　　版　英屬維京群島商高寶國際有限公司台灣分公司
　　　　　Global Group Holdings, Ltd.
地　　址　台北市內湖區洲子街88號3樓
網　　址　gobooks.com.tw
電　　話　(02) 27992788
電　　郵　readers@gobooks.com.tw（讀者服務部）
傳　　真　出版部(02) 27990909　行銷部 (02) 27993088
郵政劃撥　19394552
戶　　名　英屬維京群島商高寶國際有限公司台灣分公司
發　　行　英屬維京群島商高寶國際有限公司台灣分公司
初　　版　2023年7月

國家圖書館出版品預行編目(CIP)資料

蘇記棺材鋪 / 青垚著. -- 初版. -- 臺北市：英屬維京群島商高寶國際有限公司臺灣分公司, 2023.07
冊；　公分. --

ISBN 978-986-506-697-0(上冊：平裝). --
ISBN 978-986-506-698-7(下冊：平裝). --
ISBN 978-986-506-700-7(全套：平裝)

857.7　　112003558